中华经典通识

图书在版

《唐诗三
(2023.9 重
（中华经
ISBN 97

Ⅰ.唐…

中国国家

书　　名
著　　者
丛 书 名
主　　编
丛书策划
责任编辑
封面设计
责任印制
出版发行
印　　刷
版　　次
规　　格
印　　数
国际书号
定　　价

编者的话

经典常读常新，一代有一代的思想，一代有一代的解读。“中华经典通识”系列丛书，邀请当今造诣精深的中青年学者，为读者朋友们讲授通识课。希望通过一本“小书”，轻松简明地讲透一部中华传统经典。

本系列丛书由复旦大学陈引驰教授主编，每本书的作者都是该领域的名家，他们既有深厚的学养，又长于深入浅出，融会贯通。每本书都选配了大量相关的图片，图文相生，能增强阅读的趣味性。

希望这套丛书，能成为人们了解中华传统文化的可靠津梁。

目　录

人性的花朵，语言的精粹

古典诗歌是中华民族文化精神的结晶、审美心灵的凝聚，其中蕴涵着古人对自然和社会、他人与自我的灵心观照和审美情怀。古典诗歌是诗人诗意栖息的生存方式，是中华民族的精神记忆。任何一个文化群体的后来者，都应该融入文化母体的精神血脉中，去领悟她的审美心灵，传承她的审美精神。古诗就是进入中华民族历史心灵的一个通道。走进文化心灵的历史，需要我们用敏锐的心灵去感悟、去体会，感古人之感，思古人之思，在感和思之中，接续文化精神命脉，获得心灵境界的提升和净化。

孔子曰："兴于诗，立于礼，成于乐。"诗歌是言情的，心物交感，情景融会，加之音韵和谐，载歌载舞，可以陶冶儿童的情操，感发其意志，不知不觉中熏陶和提升其精神境界，因此自古以来的蒙学教育都重视读诗。唐诗一直都是孩童开蒙养正的重要范本。

诗是人性的花朵，语言的精粹。

唐代诗人的精神风貌，整体上说是健康、开放、积极向上的。为友人饯行，则曰："海内存知己，天涯若比邻。"（王勃《送杜少府之任蜀州》）"他乡有明月，千里照相思。"（李峤《送崔主簿赴沧州》）邀约朋友见面，则曰："何时一尊酒，重与细论文。"（杜甫《春日忆李白》）"晚来天欲雪，能饮一杯无。"（白居易《问刘十九》）思念边疆的丈夫，则曰："谁能将旗鼓，一为取龙城。"（沈佺期《杂诗》）"何日平胡虏，良人罢远征。"（李白《子夜吴歌·秋歌》）想念闺中娇妻，则曰："海上生明月，天涯共此时。"（张九龄《望月怀远》）"何时倚虚幌，双照泪痕干。"（杜甫《月夜》）为国家，则曰："横行负勇气，一战净妖氛。"（李白《塞下曲》）"致君尧舜上，再使风俗淳。"（杜甫《奉赠韦左丞丈二十二韵》）为百姓，则曰："暂因苍生起，谈笑安黎元。"（李白《书情题蔡舍人雄》）"穷年忧黎元，叹息肠内热。"（杜甫《自京赴奉先县咏怀五百字》）一旦失意了，使"人生在世不称意，明朝散发弄扁舟"（李白《宣州谢朓楼饯别校书叔云》），"白鸥没浩荡，万里谁能驯"（杜甫《奉赠韦左丞丈二十二韵》）。

如果把诗史看成一个人的历史，魏晋六朝诗未脱稚气，宋诗是人生的中老年，唐诗则是人生的青年。魏晋士人风度超脱玄远，宋代文士理性睿智，唐代诗人则热情爽朗，富有光明的理想和蓬勃的朝气，那是青春的美丽。这样的时代精神焕发出的诗歌花朵，明丽舒展，芳香四溢，沁人心脾。所以，唐诗葆有永恒的魅力，沾溉一代一代的后人，融汇进中华文化的血液，成为中华文化的精神气质。纪录片《非常中国》里王蒙说："最能表达汉语汉字的特色的，我以为是中国的旧诗。一个懂中文的华人，只要认真读一下《唐诗三百首》，他或她的心就不可能不中国化了。"

唐诗是汉语言文字的精粹。汉语汉字的表现力，经过汉赋和六朝骈文的实践，得到极大的丰富，体物呈貌，曲尽纤毫。唐代诗人无不用心地继承前代遗产，并加以大胆地发挥创造，将诗歌的表现力提升到新的层次。在唐人手中成熟的格律诗，精细地把握汉字音、形、义的特征，加以圆熟地运用，将汉语的文学审美性发挥到极致，成为后世诗歌的标准和典范。

中国人学诗的不二法门，是从诵读唐诗起步。黄庭坚曾说，诗歌作不好，是因为"读老杜、李白、韩退之诗不熟耳"

(《与徐师川书》)。这是经验之谈。“熟读唐诗三百首，不会吟诗也会吟”，已经成为一则谚语，人人皆知。唐诗的语言，已经成为中国人诗意地抒写情怀、表达对世界的认知的一种方式，内化为中国人心灵中的诗意语言结构。如果忽略唐诗，完全不读唐诗，就无法对自我和世界进行诗意的表达。

宋朝有一个皇室子弟写了一首所谓《即事》诗：“日暖看三织，风高斗两厢。蛙翻白出阔，蚓死紫之长。泼听琵琶凤，馒抛接建章。归来屋里坐，打杀又何妨。”符合五言律诗的格律规则，每个字都认得，但谁也不明白这首“诗”的意思。别人问诗意，他回答说：“始见三蜘蛛织网于檐前，又见二雀斗于两厢廊。有死蛙，翻腹似‘出’字，死蚓如‘之’字。方吃泼饭，闻邻家作《凤栖梧》。食馒头未毕，阍人报建安章秀才上谒。接章既归，见内门上画钟馗击小鬼，故云‘打死又何妨’。”这个笑话说明，诗有诗的语言，散文有散文的语言，并非将散文句子浓缩为五个字、七个字就是诗了。

诗歌语言可以创新，但忌讳生造。创新是在学习前代优秀典范之作基础上的新变，生造则如上面那个宋人那样乱涂乱画，不知所云。黄庭坚说：“老杜作诗，退之作文，无一字无来处。”(《答洪驹父书》) 不是说剽窃古人，而是要充分学习、消化前代诗歌典范的语言精华，掌握汉语言文字的特征和技巧，领会古人诗歌的语言意象，这是学诗必要的步骤。

这本小书从通识教育的立场出发，以《唐诗三百首》为中心，讲解唐诗的精神风貌和艺术世界，导引读者沉浸于心灵的旋律，徜徉于诗国的美境，“游文章之林府，嘉丽藻之彬彬”(陆机《文赋》)，作一次心游目想、逸兴飞动的唐诗审美之旅。

一　唐诗蒙学的编选旨趣

《唐诗三百首》是清代以来影响最大、传播范围最广的一部唐诗选本。各种版本均署“蘅塘退士编”，直到20世纪40年代，“蘅塘退士”的真面目才被揭示出来。

“蘅塘退士”即孙洙（1711—1778），字临西，一字苓西，号蘅塘，晚号退士，江苏金匮（今属无锡）人。孙洙家境贫寒，颖敏好学，早年进入京师国子监学习，考中举人、进士，先后任景山官学教习、江苏上元县（今属南京江宁）教谕、顺天府大城县（今属河北廊坊）知县、卢龙县（今属河北秦皇岛）知县、山东邹平县知县、江宁府教授，直至致仕。一生中大多时间是地方府学的教书先生。对他来说，读书才是最符合本心、最快乐的事。

《唐诗三百首》是一部唐诗启蒙读物，是孙洙晚年为家塾学童编写的。古代蒙学读物有一种叫《千家诗》，是宋末元初人谢枋得对刘克庄编的《分门纂类唐宋时贤千家诗选》作进一步删选编成的，清代康熙年间一位叫王相的蒙学教育家又作了增补。孙洙对这类《千家诗》很不满意，觉得是“随手掇拾，工拙莫辨，且止五七律绝二体，而唐宋人又杂出其间，殊乖体制”，于是在乾隆二十八年（1763）五十三岁的那个春天，与继室徐兰英合编这部《唐诗三百首》，并作简要的评注和圈点，于次年完成。徐兰英是无锡才女，曾师从蒋衡习书法，师从乡先辈杜诏学诗词，著有《蓉湖闺咏》。《唐诗三百首》可谓是夫妻合璧之作。

（清）马涛绘《诗中画》（局部）

读书是蘅塘退士孙洙最符合本心、最快乐的事。

《唐诗三百首》是家塾课本，编给孩童吟赏诵读的。这些脍炙人口之作，幼年成诵，至老不忘。部头不大，选唐诗310首，是最为简当的唐诗选本。之所以是“三百首”，往远处说，有《诗经》“诗三百”的影子在，师法孔子删诗之遗意；往近处说，明人王稚登五十岁时，女儿才七岁，“口诵唐诗三百首，熟如老比丘读《波罗蜜》，着膝前听之，则大为笑乐”（王稚登《与管建初》）。后来流传谚语“熟读唐诗三百首，不会吟诗也会吟”，孙洙取此为题，希望孩童通过吟诵唐人经典名篇，熟能生巧，由学而悟，掌握作诗的要领和法门。

据史料记载，黄遵宪九岁就念完了《唐诗三百首》，他提出的“我手写我口”或许得益于孩童时读诗的启发。《唐诗三百首》也是毛泽东的蒙学读物，并且陪伴他终生。他谈话作文引用唐诗，多出于《唐诗三百首》。1927年上井冈山，他就带上了一册《唐诗三百首》。毛泽东批点群书，其中《唐诗三百首》就赫然在列，会心处作圈点、眉批。的确如孙洙所言，这部书“俾童而习之，白首亦莫能废”（《唐诗三百首题辞》）。

选本是一种文学批评。选者的甄遴删汰，体现了某种文学观念和价值评判。《唐诗三百首》体现出的编选者孙洙的诗歌旨趣，可归纳为这样几个方面。

1. 标举盛唐，兼顾中晚唐

290年的唐代诗史，一般分为初、盛、中、晚四个时期。“诗宗盛唐”是严羽《沧浪诗话》举起的一面旗帜，为高棅《唐诗品汇》所发扬，掀起了明代“前后七子”的格调复古诗风，“文必秦汉，诗必盛唐”是响彻多时的文学号召。当然，中晚唐作为盛唐的余波，某些诗体如七律和绝句也取得成绩，自有特色，宋初的“九僧诗”、宋末的“江湖诗派”都效法晚唐，但尚不足以撼动盛唐的诗歌高峰。

孙洙站在崇尚盛唐的立场上编选《唐诗三百首》，选盛唐诗歌161首，超过一半；中唐78首，晚唐67首，初唐几乎未涉及，可见“诗宗盛唐”的态度非常明显。但他又突破了明人“不读大历以后一字”的褊狭，兼顾到中晚唐。按诗体来说，五古、七古、五律，盛唐诗入选数量占绝对多数，而七言律诗和七言绝句，中晚唐加起来超过了盛唐。七言律诗发展较迟，至盛唐才成熟。《唐诗三百首》选中晚唐七言律诗28首，数量超过盛唐（22首），是符合唐代七律发展之实际的。

再看七言绝句。盛唐时，杜甫绝句乃盛唐之变调，仅《江南逢李龟年》一首入选。诗曰（本诗中“闻”“君”为韵脚，以不同字体呈现，下同）：

岐王宅里寻常见，崔九堂前几度**闻**。
正是江南好风景，落花时节又逢**君**。

这首绝句作于大历五年（770）。杜甫这一年冬天死在湘江的一条小船上。当年开元全盛日，年轻的杜甫在洛阳和长安多次聆赏宫廷乐师李龟年的歌唱，随后风尘澒洞，半生漂泊西南，没想到在湖南潭州（今湖南长沙）这么偏远的地方，在落花时节，又与这位宫廷乐师相逢。今昔之感，盛衰之叹，身世沉沦和家国巨变的深沉感慨，都浓缩在这28字之中。孙洙批曰：“世运之治乱，年华之盛衰，彼此之凄凉流落，俱在其中。少陵七绝，此为压卷。”“落花”成了一个固定的意象，象征一个时代的衰败陨落。

杜甫七绝有百余首，孙洙偏偏挑选这一首，是有眼光的。

王昌龄是“七绝圣手”，李白乃七绝名家，《唐诗三百首》分别入选5首。七绝入选最多和次多的是晚唐的杜牧（9首）、李商隐（7首）。杜牧擅长七绝，常将沉痛的兴废感慨和深刻的理性思考融会在历史意象之中，情、事、理打成一片，婉转多情，神韵悠远。唐宣宗大中四年（850），杜牧离开长安到吴兴（今浙江湖州）任刺史，作《将赴吴兴登乐游原》：

清时有味是无**能**，闲爱孤云静爱**僧**。
欲把一麾江海去，乐游原上望昭**陵**。

前二句写自己在长安生活清闲，空虚度日，清平时代有此清闲况味，实乃因自己之无能。“清时”二字隐有反讽意味，晚唐危机四伏，哪有“清时”？第三句转笔写将离开长安去吴兴。“江海”指吴兴附近的太湖，此句有泛舟五湖，不问世事之意。但是哪个读书人不想有一番作为呢？登上乐游原，遥望一代英主唐太宗的昭陵，诗人感慨横生——是感慨大唐国运之衰颓？抒泄自己不遇明主、难有作为的牢骚？还是对唐室复兴有所期待？或许兼而有

（明）黄凤池辑《唐诗画谱》（局部）

闲云野鹤般的僧人是在出世与入世间徘徊的唐代诗人集体追慕的对象。

之吧。一个“望”字，含蕴无穷。再看《赤壁》：

折戟沉沙铁未**销**，自将磨洗认前**朝**。
东风不与周郎便，铜雀春深锁二**乔**。

这是杜牧约四十岁时在黄州刺史任上所作，600 多年前此地爆发了著名的赤壁之战。杜牧从眼前的“折戟”顿然生出历史感喟，作了个大胆的假设：如果东风不给周瑜提供方便，孙吴恐怕要被曹操灭了。言外之意，周瑜并没有什么了不起，可能一切都是天意，人算不如天算。

李商隐七言绝句，寄托深邃而措辞婉转。《夜雨寄北》：

君问归期未有**期**，巴山夜雨涨秋**池**。
何当共剪西窗烛，却话巴山夜雨**时**。

用书信的方式写离情，由今时的分离想象将来相聚时细谈今日的离别。现在与未来、分离与相聚的时空转换，使相思之情表达得更婉曲。两个“巴山夜雨”复叠，前实后虚，加上“雨涨秋池”的孤寂景象与“剪烛西窗”的美好期待相对应，蕴含着复杂的人生况味。

李商隐与杜牧是晚唐七绝的代表，不愧“小李杜”的称号。《唐诗三百首》的编者重视晚唐绝句，既符合唐诗发展的实际，也显现出高超的艺术眼光。

2.“格调”与“神韵”并重

唐诗与宋诗是古代两种不同的诗歌审美范型。钱锺书说：“唐诗多以风神情韵擅长，宋诗多以筋骨思理见胜。”缪钺说：“唐诗以韵胜，故浑雅，而贵蕴藉空灵；宋诗以意胜，故精能，而贵深折透辟。唐诗之美在情辞，故丰腴；宋诗之美在气骨，故瘦劲。”这是关于唐、宋诗歌审美范型差异的经典之论。唐宋之争，一直是诗歌史的重要问题。

同样是唐诗，对它的审美特征也存在不同的认识和偏好。清康熙年间王士禛提倡“神韵”，偏爱王维、孟浩然；稍后，沈德潜重视“格调”，欣赏杜甫“鲸鱼碧海”、韩愈“巨刃摩天”的洪音巨响。孙洙编《唐诗三百首》，综合参考了王士禛编选的《唐贤三昧集》《万首唐人绝句选》和沈德潜编选的《唐诗别裁集》，“格调”与“神韵”并重。

《唐诗三百首》选王维29首，孟浩然15首，韦应物12首，刘长卿11首，分别位列第二、五、六、七位，这与王士禛《唐贤三昧集》相一致，体现出标举“神韵”美的倾向。《唐诗三百首》所选盛唐五七言律，几乎全部见于《唐贤三昧集》；所选绝句80%以上都来自《万首唐人绝句选》，足以见得王士禛对孙洙的影响。《唐诗三百首》所选诗篇有的具有隽永超诣的神韵，如白居易《问刘十九》：

绿蚁新醅酒，红泥小火炉。
晚来天欲雪，能饮一杯无？

这是好友间的小笺招饮。绿蚁，指未经过滤的新酒。冬日将要飘雪的傍晚，邀请朋友围着火炉小酌御寒，这是普通的生活场景。一经诗人点化，便亲切温馨，诗味盎然，意趣无穷，真是日常生活的审美化。孙洙评曰：“信手拈来，都成妙谛，诗家三昧，如是如是！”他特别用了“诗家三昧”一词，正是来自王士禛。

孙洙的一些评语就是从神韵角度着眼的。如宋之问《题大庾岭北驿》：

阳月南飞雁，传闻至此**回**。我行殊未已，何日复归**来**。
江静潮初落，林昏瘴不**开**。明朝望乡处，应见陇头**梅**。

大庾岭，在今江西大余县与广东南雄市交界。神龙元年（705），宋之问被贬至岭南泷州（今属广东罗定），道经此地，题此诗于驿站壁上。首四句望雁思归，言大雁南飞，尚不过此岭，等待春暖飞回；我却翻过此岭，更投南荒，不知什么时候可以返还。颈联是失意人眼中之景，空寂晦暗，似充满危机。末句化用晋宋时陆凯赠范晔诗“折梅逢驿使，寄与陇头人。江南无所有，聊赠一枝春”，意谓他日到达贬所，回望故乡，应该能见到此岭绽放的梅花吧！写思乡之苦，更进一层。颔联为不工整的流水对，化板滞为灵动，这在初盛唐五律中较为常见。孙洙评首四句“一气旋折，神味无穷”，有神韵之美。

《唐诗三百首》与沈德潜《唐诗别裁集》也有近源关系。从选诗数量看,《唐诗三百首》有244首见于《唐诗别裁集》。沈德潜选杜甫、李白最多，同样,《唐诗三百首》选杜甫诗最多（36首），李白诗列居第二（29首）。沈德潜论诗标尚“格调”，认为诗歌风貌须格高调古，端庄典雅。《唐诗三百首》对韩孟诗派的险怪奇崛、中唐乐府的滑熟俗易，均持排斥态度。

孙洙兼顾了王士禛和沈德潜的诗学思想,《唐诗三百首》标尚的唐诗之美是高古典雅、浑成圆融的格调美与兴致葱茏、趣味隽永的神韵美。当时新崛起的袁枚“性灵”诗学似对孙洙没有直接的影响。《唐诗三百首》选李商隐诗24首，数居第四，可能是出于编者之一徐兰英的偏爱。徐兰英的业师杜诏曾编选《中晚唐诗叩弹集》，选诗数量第一是白居易，第二是李商隐。徐兰英或许从小受此熏陶而格外欣赏李商隐诗。

3. 遵循“温柔敦厚”的诗教传统

儒家传统诗教讲究“温柔敦厚”。诗，发乎情，须止乎礼义；乐而不淫，哀而不伤，怨而不怒，符合社会道德规范和儒家中庸的审美原则。清朝的思想钳制较为严厉，加之《唐诗三百首》本来就是一部蒙学读物，不是一般的选本，因此选诗遵循儒家的诗教原则，思想醇正，主旨温雅，不选离经叛道、怨怼愤激之作。这表现在方方面面。

《唐诗三百首》不选激烈讥讽时政的诗歌，但不乏关切时世民生之作。像白居易“但伤民病痛，不识时忌讳”的《秦中吟》《新乐府》等以及中晚唐张籍、王建、陆龟蒙、皮日休、杜荀鹤那些新乐府诗都没有入选，但选入了杜甫《兵车行》《丽人行》《哀江头》《哀王孙》，算得上是全书中最切近现实的诗篇。杜甫之民胞物与、忠君爱国，早有定评，选杜诗可以不必顾忌。

其实，孙洙还是一位关心民生的官吏。据窦镇《名儒言行录》记载，孙洙“所至必咨访民间疾苦，平时与民谆谆讲叙，如家人父子，或遇事须笞责者，辄先自流涕，故民多感泣悔过。宰大城时，捐廉浚河道，民食其利”。结合这个记载来看他选杜甫的《兵车行》等作品，就可以理解了。他还选了元结《贼退示官吏》：

昔岁逢太平，山林二十**年**。泉源在庭户，洞壑当门**前**。
井税有常期，日晏犹得**眠**。忽然遭世变，数岁亲戎**旃**。
今来典斯郡，山夷又纷**然**。城小贼不屠，人贫伤可**怜**。
是以陷邻境，此州独见**全**。使臣将王命，岂不如贼**焉**？
今彼征敛者，迫之如火**煎**。谁能绝人命，以作时世**贤**！
思欲委符节，引竿自刺**船**。将家就鱼麦，归老江湖**边**。

唐代宗广德元年（763），广西一带的盗贼进入湖南道州，焚烧杀掠，几尽而去。第二年，盗贼又攻破永州和邵州，不再侵犯道州边境。为什么呢？原来盗贼都发慈悲，怜悯道州老百姓。当时元结任道州刺史，作了这首诗警诫官吏：怎能忍心对这样的老百姓穷征暴敛！以昔日的太平安乐与今日遭遇世变的苦难相对照，以盗贼发善心与官吏横征苛敛相对比，尤具炯戒意义，真如杜甫所赞："道州忧黎庶，词气浩纵横。"（《同元使君舂陵行》）孙洙选取这一首诗，是出于"咨访民间疾苦"的仁爱之心吧。

除了上面列举杜甫、元结数首外，《唐诗三百首》基本上没有选直面现实问题、讽喻上层统治者的诗篇。即使有几首与政治相关的，也符合温柔敦厚的原则。如岑参《寄左省杜拾遗》：

联步趋丹陛，分曹限紫**微**。晓随天仗入，暮惹御香**归**。
白发悲花落，青云羡鸟**飞**。圣朝无阙事，自觉谏书**稀**。

唐肃宗至德二载（757），岑参官右补阙。次年春，岑参给官任左拾遗的杜甫寄此诗。前四句说每天随例上朝“打卡”，没做什么有意义的事。第五句自伤迟暮，当时他已四十四岁；第六句羡慕他人像飞鸟一样青云直上，隐含牢骚。最后二句，孙洙评曰：“寓规讽意。”指岑参正话反说，圣朝政事有缺憾，可惜自己无力讽谏。这首诗算是有关于朝政的，但以自省作结，不失温柔敦厚。高适《燕歌行》虽然有“战士军前半死生，美人帐下犹歌舞”这样激烈的措词，但全诗以汉代唐，批评的又不是上层最高统治者，能“发乎情，止乎礼义”，故而入选。

《唐诗三百首》“得性情之正”，不选浮艳淫亵之诗。古人论“情”，有的与“欲”连在一起，认为情欲如洪水猛兽，非用礼义伦理加以羁勒不可。朱熹解释《诗经》《楚辞》，多次提出“得性情之正”，这成为后世论诗的一个重要原则。沈德潜《唐诗别裁集·凡例》评杜甫，“要其为国爱君，感时伤乱，忧黎元，希稷、契，生平种种抱负，无不流露于楮墨中。诗之变，情之正者也”。

孙洙也拿这个话头评杜甫，如杜甫《月夜忆舍弟》：

戍鼓断人**行**，边秋一雁**声**。露从今夜白，月是故乡**明**。
有弟皆分散，无家问死**生**。寄书长不达，况乃未休**兵**。

此诗作于乾元二年（759）秋夜，这一年唐军与安史叛军的战斗十分惨烈。杜甫在秦州（今甘肃天水），望月而怀乡，思念失散在河南、山东的兄弟。首二句描写边塞荒凉冷寂的景象。第三句点明时令，这天可能是白露节气，天气转凉。第四句已成为俗语，同样是月光，因为思乡念亲之情浓重，觉得故乡的月色更加明亮，更加可爱了。后四句写兄弟在战乱中分散，无家可探问，甚至连信都寄不到，把怀乡思亲和伤时悯乱融而为一，凄凉而沉郁。孙洙评说："录少陵律诗，止就其纲常伦纪间，至性至情流露之语，可以感发而兴起者，使学者得其性情之正，庶几养正之义云。"杜诗出于至性至情，又符合纲常伦纪，所以是蒙学养正的好教材。孙洙学诗宗杜甫，所以对杜诗有如此深切的认识。

"马嵬事变"是中唐以降诗人津津乐道的话题，杜甫、白居易、李益、黄滔、李商隐等20余位诗人咏过此事，孙洙偏偏选了郑畋《马嵬坡》：

玄宗回马杨妃死，云雨难忘日月新。
终是圣明天子事，景阳宫井又何人。

郑畋曾做过唐僖宗朝宰相，本不以诗名。此诗首二句正面叙李隆基、杨玉环之事。李隆基回马长安，杨妃死已多时，过去的

恩爱难以忘怀，国家却已一新（指肃宗登基）。三四句议论，拿陈后主事为李隆基开脱责任。当年隋军入陈时，陈后主偕二宠妃躲藏到景阳宫井里，最后还是被隋军俘虏。李隆基能为了大

［日本］狩野山雪绘《长恨歌图》卷上（局部）

安史之乱爆发，唐玄宗奔蜀，路途中部将哗变，将祸首引向杨贵妃，逼唐玄宗于马嵬坡赐死杨贵妃。

唐江山而让杨贵妃缢死，终不失为“圣明天子”。据说当时见到这首诗的人称赞郑畋有宰辅之器。孙洙评说：“唐人马嵬诗极多，惟此首得温柔敦厚之意，故录之。”其实这首诗从艺术性衡量是不高明的，宋人魏泰《临汉隐居诗话》批评它“词句凡下，比说无状，不足道也”，孙洙主要是从思想性来衡量的。

以“性情之正”作为道德标准，那些直露地表现男女私情的诗篇就多被淘汰掉了。当时“最爱言情之作”的袁枚是欣赏艳体诗的，沈德潜则予以黜斥。孙洙对待艳诗的态度，与沈德潜一致。《唐诗三百首》虽然选了闺思、宫怨的诗篇，但都含而不露，符合雅正的标准。晚唐韩偓以“香奁体”著名，孙洙选了他的《已凉》：

碧阑干外绣帘**垂**，猩色屏风画折**枝**。
八尺龙须方锦褥，已凉天气未寒**时**。

全诗像一幅工笔画，静静地描写富贵华丽的闺房布置，只在末句点出初秋的天气，渲染出孤寂无聊的气氛。孙洙评说：“通首布景，并不露情思，而情愈深远。”再看温庭筠《瑶瑟怨》：

冰簟银床梦不**成**，碧天如水夜云**轻**。
雁声远过潇湘去，十二楼中月自**明**。

孙洙评说：“通首布景，只‘梦不成’三字露怨意。”一个“自”字也透出闺妇的孤独。此诗写闺妇之怨，但以写景从侧面烘托，不正面写怨情，采用暗示手法写男女之情，融情思于景物，婉曲隐约，含蓄不露，归于雅正。

《唐诗三百首》的编选还有一些其他特色。如乾隆二十二年（1757）规定，从后年乡试开始在第二场加试五言八韵试帖诗。试帖诗首句以五言仄起（仄仄平平仄、仄仄仄平平）为常，《唐诗三百首》选五律最多，达80首，其中仄起格51首，可能也带有试帖诗启蒙的意义，但它不是一部直接为学习科举试帖诗服务的选本，不像沈德潜编《唐诗别裁集》“为入春秋闱者导夫先路”。《唐诗三百首》作为蒙学课本，选诗一般篇幅不太大，如杜甫《自京赴奉先县咏怀五百字》《北征》、张若虚“孤篇压全唐”的《春江花月夜》都没有入选。也不选背后史事复杂的作品，一般多是清远和平、畅适明白、朗朗上口的诗篇，便于记忆，适合蒙学教育。

二 从《唐诗三百首》看唐代精神风貌

唐诗是中国古典诗歌的高峰。《诗》《骚》传统，经历汉魏六朝长期的浇灌、培植，终于在大唐盛世里绽放出绚丽多彩的花朵，不仅是“一代之奇”，更使吾中华赢得“诗国”的美誉。

隋唐结束了长期的南北对峙的局面，实现了政权的统一，历史进入新的辉煌时期。统一的政权随即采取了一系列措施弥合南北之间的裂痕，真正做到了南北统一，天下一家。调和南北、天堑变通途以后，南北文化各自的特点和优势得以发挥出来，相济为用。魏徵《隋书·文学传序》曾说：“江左宫商发越，贵于清绮；河朔词义贞刚，重乎气质。气质则理胜其词，清绮则文过其意。理深者便于时用，文华者宜于咏歌。此其南北词人得失之大较也。若能掇彼清音，简兹累句，各去所短，合其两长，则文质斌斌，尽善尽美矣。”唐朝文化的繁盛正是建立在南北文化各去所短，合其两长，江山一统的宏大格局上的。

唐朝开国后的130余年，国势强盛，经济富庶，百姓安居乐业。唐太宗贞观年间，天下太平，夜不闭户，路不拾遗，马牛被野，民物蕃息，史称“贞观之治”；唐玄宗开元年间，据杜甫回忆，“忆昔开元全盛日，小邑犹藏万家室。稻米流脂粟米白，公私仓廪俱丰实。九州道路无豺虎，远行不劳吉日出。齐纨鲁缟车班班，男耕女桑不相失”（《忆昔》），“开元盛世”，绝非虚美。大唐盛世是唐诗繁荣的社会基础，是唐诗大花园的沃壤。

（清）马涛绘《诗中画》（局部）

采桑是唐代平民女子的日常劳作。

唐朝（618—907）290年的诗歌史，过去一般分为初、盛、中、晚四个时期。大致来说，唐高祖即位后的100年为初唐，似朝阳初升，冉冉而起；玄宗的开元、天宝约50年为盛唐，如日中天，大放光芒；从肃宗到穆宗的60年为中唐，日光偏西，熠熠有辉；最后80年为晚唐，落霞余照，彩虹满天。其中的盛唐，虽然时间略短，但就创作成就而言，不仅是唐诗的高峰，而且是中国古典诗歌的全盛时期。人们谈唐诗风貌，一般都是以盛唐为主。《唐诗三百首》也是“标举盛唐”的诗歌选本。盛唐诗歌的精神风貌，严羽概括为“盛唐气象”，它表现在如下几个方面。

1. 游侠尚武的精神

尚武是中华文化精神的一个传统。唐朝江山一统，河朔贞刚与江左清绮，刚柔相济。西北彪悍尚武，燕赵好气任侠，其民风都足以振起江南的靡弱。“乘运共跃鳞。”（李白《古风·大雅久不作》）在国势上升的初唐，开疆拓土，平定叛乱，为勇力之士提供了广阔的用武之地。赴边入幕，建立军功，出将入相，是士人重要的进身之阶。因此“尚武”成为时代的精神，涌动在当时的诗歌之中。

初唐将军郭元振，北却突厥，西走吐蕃，制地一万里，握兵三十万。他著名的《古剑篇》曰“虽复尘埋无所用，犹能夜夜气冲天”，初盛唐诗人多有这股英豪剑气。他们仗剑去国，辞亲远游，要在边塞沙场大显身手，不愿意枯灯相伴，穷老牖下。

宁为百夫长，胜作一书生。（杨炯《从军行》）

孰知不向边庭苦，纵死犹闻侠骨香。（王维《少年行》）

儒生不及游侠人，白首下帷复何益！（李白《行行游且猎篇》）

万里不惜死，一朝得成功。画图麒麟阁，入朝明光宫。大笑向文士，一经何足穷。（高适《塞下曲》）

功名只向马上取，真是英雄一丈夫。（岑参《送李副使赴碛西官军》）

少小虽非投笔吏，论功还欲请长缨。（祖咏《望蓟门》）

这是多么豪迈的尚武精神！他们嘲笑儒生、书生、文士只懂得皓首穷经，不能够经邦治国。李白十五岁好剑术，高适跨鞍马，有似幽并儿，初盛唐的许多诗人早年都有过结客漫游、浪迹天下的传奇经历。他们志在边疆，希望在疆场博取功名，垂名不朽。

可贵的是，他们把个人的仕途事功与国家的需要联系起来，忠君报国是他们的崇高理想。

本为贵公子，平生实爱才。感时思报国，拔剑起蒿莱。（陈子昂《感遇》）

不求生入塞，唯当死报君。（骆宾王《从军行》）

愿得此身长报国，何须生入玉门关。（戴叔伦《塞上曲》）

李白给一般人的印象是浪漫超脱，不着边际，不问现实，但经历乱离之后，他也“中夜四五叹，常为大国忧”（《经乱离后天恩流夜郎忆旧游书怀赠江夏韦太守良宰》），甚至要“丈夫赌命报天子”（《送外甥郑灌从军》），为报国报君而视死如归。这种英雄主义、乐观主义的壮烈豪迈，是唐代精神风貌的重要内容。

中唐以后藩镇割据，各方军阀摆脱中央统治，招揽游侠，蠢蠢欲动。游侠成了社会的不安因素，甚至为虎作伥，残害百姓，成为严重的政治问题，是人们否定的对象。在诗歌中，游侠的形象也转而成为负面的、否定的。如刘长卿《少年行》曰："射飞夸侍猎，行乐爱联镳。荐枕青蛾艳，鸣鞭白马骄。曲房珠翠合，深巷管弦调。日晚春风里，衣香满路飘。"这哪是游侠少年啊，简直是寻花问柳的纨绔子弟！游侠成了诗人唾弃讽刺的对象。这正是世风士气转变的表征。

2. 自信张扬的个性

六朝时期，上品无寒门，下品无士族。下层寒士缺少上升的机会，而上层士族平流进取，坐至公卿。士人清谈玄言，空虚浮华，最终导致国势不竞。唐朝采取科举制度，打破了传统的士庶对立，为社会中下层的读书人开通了进身仕途的通道。整个社会风气、士人心态与六朝时期相比，发生了很大的变化。唐代读书人虽然出身底层，但多刚毅昂扬，积极进取，布衣而有国士之风。张扬而自信，是唐代特别初盛唐诗人的个性特点。唐代诗人有天下舍我其谁的信念，排难解纷、扶危拯溺、博取功名在他们眼里好像探囊取物，易如反掌。高适《别韦参军》曰："举头望君门，屈指取公卿。"岑参《轮台歌奉送封大夫出师西征》曰："古来青史谁不见，今见功名胜古人。"李白更是喜好放肆大言：

> 愿一佐明主，功成还旧林。（《留别王司马嵩》）
> 功成谢人间，从此一投钓。（《翰林读书言怀呈集贤诸学士》）
> 天生我材必有用，千金散尽还复来。（《将进酒》）

李白自负甚至自大，引鲁仲连为同调，功成不受赏；以东晋谢安自诩，济苍生，安社稷，非他不可。但实际上他没有多少见识，安史之乱爆发后，肃宗即位，永王李璘想割据东南，保有一方。李白参与李璘军事，夸下"为君谈笑静胡沙"的海口，但不久永王璘败，李白被流放夜郎（在今贵州西部）。

自信自负，放言高论，积极乐观，是盛唐诗人的共同点，几乎没有一个人愿意过独善其身的隐居生活。孟浩然没有做官，但那是因为"欲济无舟楫"，没有找到出路，"端居耻圣明"，在圣明时代，他是不甘心"躺平"的。正如李白所说："苟无济代心，独善亦何益？"（《赠韦秘书子春》）如果没有经世济民的抱负，独善其身又有什么益处呢？王维即使不被礼遇，也要“济人然后拂衣去，肯作徒尔一男儿”（《不遇咏》），功成而弗居，不肯枉为男儿大丈夫。他自命不凡，觉得自己非等闲之辈。王昌龄《宿灞上寄侍御玙弟》曰：“若用匹夫策，坐令军围溃。不费黄金资，宁求白璧赍！”这是自告奋勇要去前线指挥军事，突破围困，功成而不受赏。杜甫早年就有“会当凌绝顶，一览众山小”（《望岳》）的宏伟抱负，《赠韦左丞丈济》曰：“老骥思千里，饥鹰待一呼。”他一辈子都在等待朝廷的召唤，觉得自己是王佐之才。即使身在草野，也“遥拱北辰缠寇盗，欲倾东海洗乾坤”（《追酬故高蜀州人日见寄》）。

安史之乱以后，大唐国势一落千丈，诗人的自信自负也大为收敛，代之以中唐的静穆淡漠、晚唐的逼仄自卑。从杜甫的“落日心犹壮，秋风病欲疏。古来存老马，不必取长途”（《江汉》），到刘禹锡的“莫道桑榆晚，为霞尚满天”（《酬乐天咏老见示》），再到李商隐的“夕阳无限好，只是近黄昏”（《乐游原》），可以发现自负自信在中晚唐人的精神里逐渐暗淡甚至熄灭了。如曹邺《怨诗》曰：“美人如新花，许嫁还独守。岂无青铜镜，终日自疑丑。”这种自我否定的自卑心态，初盛唐诗人是不会有的。

3. 博大仁厚的情怀

自《诗经》《离骚》以来，中国古代诗歌就有一脉关怀民间疾苦、讽喻时政的传统。古代的诗人首先是“士”，士当先器识而后文章，是道义的承担者，以道济天下为己任。

初盛唐时期，没有多少人以“诗人”自居。像张九龄那样出身微贱而官至宰相，合“儒学之士”与“王佐之才”于一身，才是唐代众多诗人的理想。王维称颂张九龄“动为苍生谋”（《献始兴公》），希望能入其帐下。杜甫称赞张九龄“乃知君子心，用才文章境”（《八哀诗·故右仆射相国张公九龄》），以济世之才而用心于文章。唐代诗人常以圣人贤相高自标置。李白《古风》曰：“大雅久不作，吾衰竟谁陈？……我志在删述，垂辉映千春。”以继承孔子删《诗》、述《春秋》自许。杜甫“许身一何愚，窃比稷与契”，以辅佐圣君的贤臣稷和契自期，而且认为自己忠君爱民的情怀就像葵花向阳一样，出于本性：“葵藿倾太阳，物性固莫夺。”（《自京赴奉先县咏怀五百字》）王维虽然有过隐居生活，但也是希望有所作为的，曾说：“君子以布仁施义、活国济人为适意。”（《与魏居士书》）唐代诗人虽然多出身微贱，但精神弘毅，胸怀博大，奋发有为，以家国为念，所以崔膺《感兴》曰：“古来忠烈士，多出贫贱门。”

唐代诗人胸怀博大。李白《宣州谢朓楼饯别校书叔云》“俱怀逸兴壮思飞，欲上青天览明月”，想象飘逸豪纵。岑参把北方漫天大雪比作“千树万树梨花开”，情怀浪漫乐观。刘禹锡《酬乐天扬州初逢席上见赠》“沉舟侧畔千帆过，病树前头万木春”，乐观自信而沉着坚定。李商隐《无题》“春蚕到死丝方尽，蜡炬成灰泪始干”，情感执着而坚毅。这些都显示了唐人博大而深沉的情怀。

唐代诗人能直面社会问题，揭露政治积弊，同情百姓苦难，表现出民胞物与的仁厚情怀。宰相张九龄直言鲠词，彰善瘅恶，见义不回，为诗人树立了人伦典范。唐代前期政治开明，朝廷广开言路，用贤纳谏，为士人直言敢谏奠定了社会基础。杜甫追想贞观之治，称“直辞宁戮辱，贤路不崎岖”（《行次昭陵》），在安史之乱前夕“君臣留欢娱”之时，他就直揭“朱门酒肉臭，路有冻死骨”的贫富对立、贵贱悬殊，对大小官吏发出告诫。杜甫《可叹》曰：“死为星辰终不灭，致君尧舜焉肯朽。”他的一生同国家百姓忧戚相关、甘苦与共，特别是对底层百姓寄予同情，用诗歌表达底层百姓的困苦和艰难，将古代诗歌的思想和人道精神提高到一个新的层次。白居易进一步发扬了新乐府的精神：“为君、为臣、为民、为物、为事而作，不为文而作也。”(《新乐府序》)张籍也写了很多乐府诗，白居易称赞说：“风雅比兴外，未尝著空文。”(《读张籍古乐府》)韩愈《左迁至蓝关示侄孙湘》曰：“欲为圣明除弊事，肯将衰朽惜残年。”虽遭贬谪，但九死未悔，百折不回。一直到晚唐，这股精神都绵延不绝。

唐代诗人暴露现实问题，批判的矛头对准上层统治者，诗歌的讽喻精神提升到新的高度，不仅之前少见，即使后来也难以为继。宋人洪迈就说，唐人诗歌“直辞咏寄，略无避隐”，像杜甫“三吏三别”、白居易《长恨歌》、元稹《连昌宫词》之类讽刺之作，“今之诗人不敢尔也”。(《容斋续笔》卷二)

唐代诗人多出身于社会中下层，因此能够“以百姓之心为心”，同情百姓的苦难，更可贵的是，他们能反躬自省，对自己的社会职责做出反思。如杜甫《自京赴奉先县咏怀五百字》“穷年忧黎元，叹息肠内热”，为百姓忧心，在诗篇的最后他说自己“生常免租税，名不隶征伐。抚迹犹酸辛，平人固骚屑。默思失业徒，因念远戍卒。忧端齐终南，澒洞不可掇”。正是有这种反躬自省，他后来在《茅屋为秋风所破歌》中才会发出“安得广厦千万间，大庇天下寒士俱欢颜。……吾庐独破受冻死亦足”的宏愿。白居易《初授拾遗》：“谏纸忽盈箱，对之终自愧。”韦应物《寄李儋元锡》：“邑有流亡愧俸钱。”这一点“愧”意，就是诗人的仁厚情怀。身居一职，为官一方，日用所需，都是取之百姓，应该时刻战战兢兢，心怀愧意。上引几位诗人的“愧”意，正是唐代诗歌的闪光点，往前代诗歌里找，是难得一见的。

4. 山水自然的意趣

中国人与自然的关系，不是相互对立的主客关系，而是“天地与我并生，而万物与我为一”（庄子《齐物论》）的相通互感。古人认为，人类与自然物一样都本源于气，精气聚则人生，精气散则人死，回归自然。人与自然一气相感，诗歌注重描写山水田园。东晋刘宋时期，陶渊明是田园诗之祖，谢灵运

（隋）展子虔绘《游春图》

展子虔存世的唯一画作，是中国现存最早的山水画。游人徜徉于青绿山水间，进入天人合一的境界。

是第一个大力创作山水诗的诗人。山水田园与诗歌结下不解之缘。“大都诗以山川为境，山川亦以诗为境。名山遇赋客，何异士遇知己。”（董其昌《钱象先荆南集引》）

唐人诗中的自然山水，有的是继续《诗经》以来的传统，自然与人事是比兴关系，托物喻志。如郭元振绝句《野井》：“纵无汲引味清澄，冷浸寒空月一轮。凿处若教当要路，为君常济往来人。”其言外之意是表达“穷则独善其身，达则兼济天下”的儒家出处观。更多的则是“名山遇赋客”的知己之感。李白《独坐敬亭山》“众鸟高飞尽，孤云独去闲。相看两不厌，只有敬亭山”，人与自然脉脉相通，融而为一。再看王维的几首诗。《鹿柴》：“空山不见人，但闻人语响。返景入深林，复照青苔上。”《竹里馆》：“独坐幽篁里，弹琴复长啸。深林人不知，明月来相照。”《辛夷坞》：“木末芙蓉花，山中发红萼。涧户寂无人，纷纷开且落。”诗人置身于宇宙深处静观默想。诗人不是自然的对象，而是自然的组成部分，与万物融为一体。王维诗歌是主体宁静后的宇宙净寂，但不是枯寂，辛夷花在开在落，自然和生命都按自己的秩序“大化流行”。而这种大化流行，只有摆脱俗谛桎梏，心胸虚灵朗澈时才能感知得到，才能领会其意蕴。王维《秋夜独坐》“雨中山果落，灯下草虫鸣”，山果在雨中落下，灯旁草虫在鸣叫，是最为平常无奇的景象，但是只有远遁尘世、渊默净静的心灵才能听见，这是富有禅意的自然趣味。

唐代诗人用有情的眼睛观照自然，用自然的态度看待人生。即使不是山水田园诗，自然景物在诗歌中也占有相当的比重，一切景语皆情语，多是情景交融，相互渗透。借景物以言情，将抽象的情感意象化，如杜甫《江亭》“水流心不竞，云在意俱迟”，是景中情。用情感濡染景象，使外物着上我之色彩，如杜甫《闷》诗“卷帘唯白水，隐几亦青山”，是情中景。《月夜忆舍弟》“露从今夜白，月是故乡明”，情景兼到。《春望》“感时花溅泪，恨别鸟惊心”，情景相触而莫分。

唐人提出思与境偕、意与境浑，即所谓“意境”之美。意境和情景具有直接的关系，借用清人布颜图《画学心法问答》的话来说：“情景者，境界也。”情景融合，才能构成意境，但是意境是对情景融合的更高要求，就是有意趣，有余味，给读者留下回想玩味的余地。司空图所谓“象外之象”“韵外之致”“味外之旨”，都触及意境的根本，即在有限中蕴涵无限，由实写而指向虚灵。明朱承爵《存余堂诗话》说："作诗之妙，全在意境融彻，出音声之外，乃得真味。"在已呈现于诗歌的音声之外有"真味"可得，才是有意境。李白诗歌如《玉阶怨》"玉阶生白露，夜久侵罗袜。却下水精帘，玲珑望秋月"，简笔勾勒人物举止，不言怨而怨意已深，不露一言，无穷之意让读者自己领会，是意境绵邈的作品。王昌龄七绝《西宫春怨》"西宫夜静百花香，欲卷珠帘春恨长。斜抱云和深见月，朦胧树色隐昭阳"，以白描手法淡淡勾勒出一位卷起珠帘、斜抱琵琶的少妇神态，仅"春恨长"三字露意，末句写景，月光笼罩昭阳殿，树色朦胧，"不言怨而怨自深"（黄培芳评语），含蓄不尽，令读者徘徊感叹，思而咀之。古人认为，意境之于诗，就像烟云之于大山，草树之于春天。如果山无烟云，春无草树，则无兴趣，无意味。严羽《沧浪诗话》说："盛唐诸人，惟在兴趣，羚羊挂角，无迹可求。故其妙处，透澈玲珑，不可凑泊，如空中之音、相中之色、水中之月、镜中之象，言有尽而意无穷。"唐人诗歌，情思与景象交融，意象葱茏，情思含蓄不尽，构成意境之美。

《唐诗三百首》的艺术世界 三

1. 抒怀序志

“诗言志”是中国诗论的开山纲领，言志缘情也是中国诗歌最基本的特征，是《诗》《骚》开创的诗歌传统。赞颂美政，讽喻邪恶，渴望爱情，抒写亲情，排遣苦闷，徜徉自然，感叹光阴，等等，人类一切的情感无不可以通过诗歌加以提纯，审美化地表达。汉魏之际，“三曹”抒写乱世中慷慨悲凉之怀，西晋初陆机、潘岳诗风繁缛绮丽，至东晋刘宋之际，陶渊明享田园之乐，谢灵运得山水之趣，抒怀序志的空间大为拓展。“唐人好诗，多是征戍、迁谪、行旅、离别之作，往往能感动激发人意。”（严羽《沧浪诗话》）宋人批评唐人“工于为诗而陋于闻道”（苏辙《诗病五事》），于是在诗歌中表现道理，追求理趣，但抒情艺术并没有消失，宋词更是接续了唐诗的抒情。明清诗歌依然秉承唐诗抒怀序志的传统，不论抒写一己之怀抱，还是家国乱世之哀痛，都有新的发展。唐诗抒情的妙处是，既能说出其心中之所诚然者，又能说出人心中之所同然者；出于个人诚实的怀抱，又能道出天下人普遍的心声。唐诗是中国诗歌永恒的典范，具有永久的魅力。

道光年间，祁寯藻《夜听质卿读唐诗》曰："读尽《唐诗三百首》，大都哀怨变风多。"其实整个中国古代诗歌都是哀怨变风多，不只是唐诗如此。正如韩愈所说："欢愉之辞难工，而穷苦之言易好。"流传人口的多是"穷苦之言"。但《唐诗三百首》作为一部蒙学课本，似不只是欣赏穷苦之言，全书第一首和最后一首诗最能体现编选者的用意。

首章标其目，选本的开首第一篇往往体现编选者的意旨。《唐诗三百首》开篇是张九龄《感遇》二首：

兰叶春葳蕤，桂华秋皎**洁**。欣欣此生意，自尔为佳**节**。
谁知林栖者，闻风坐相**悦**。草木有本心，何求美人**折**！

江南有丹橘，经冬犹绿**林**。岂伊地气暖？自有岁寒**心**。

可以荐嘉客，奈何阻重深。运命惟所遇，循环不可寻。

徒言树桃李，此木岂无阴？

这两首诗都是继承《诗经》《楚辞》以来的比兴传统，托物寓志。前一首言兰叶纷披，桂花明洁，显示出旺盛的生意，在春秋佳节各当其时，林中人闻风相悦。诗人代兰桂说话：惟愿保持美好坚贞的本心，不希求"美人"（林栖者）来摧折。后一首以丹橘自喻，因有岁寒而后凋之心，故经冬而犹绿。本可以荐于嘉客，有用于世，无奈阻力深重，只能任凭命运的安排，随遇而安。世人都说春种桃李，夏得其荫，秋得其实，难道丹橘还不如桃李吗？张九龄开元二十五年（737）被贬为荆州长史，担心朝中有人中伤他，忧谗畏讥，诗中表现出秉持操守、恬淡静退的情怀。《唐诗三百首》以这两首诗作为开篇，或许是把"草木有本心，何求美人折""经冬犹绿林""自有岁寒心"作为警言送给孩童当座右铭吧！再看最后一首杜秋娘《金缕衣》：

劝君莫惜金缕衣，劝君惜取少年时。

花开堪折直须折，莫待无花空折枝。

这是全书唯一一位女性诗人的诗歌。以它为压卷，是有深意的，劝勉孩童爱惜年少时的大好光阴，及时去猎取功名。折花，可以引申理解为蟾宫折桂。后或解释为劝人及时行乐，恐怕不合编选者的用意。

读书人多有用世之志，“习得文武艺，货与帝王家”，是人之常情，更何况蒸蒸日上的大唐开启了读书人的远大理想。孟浩然少年时就胸有鸿鹄之志，苦学三十载。开元五年（717）八月，孟浩然从家乡襄阳到洞庭湖，此时宰相张说已被贬出京师，任荆州长史。孟浩然鼓起勇气作《临洞庭上张丞相》干谒张说（一说张九龄）：

八月湖水**平**，涵虚混太**清**。气蒸云梦泽，波撼岳阳**城**。
欲济无舟楫，端居耻圣**明**。坐观垂钓者，徒有羡鱼**情**。

首四句写登岳阳楼所见天水相接、浩渺无际的景象，特别是颔联二句，雄浑壮阔，是咏洞庭之千古名句。颈联转笔，以比喻手法写自己无人汲引，闲居乡野，有愧于圣明时代。尾联用《淮南子·说林训》“临河而羡鱼，不若归家织网”的

（清）查士标绘《四季山水图册》

孟浩然年轻时虽有归隐之志趣，但更希望建立功业，以“坐观垂钓者”的“羡鱼情”表达对被汲引的热望。

典故，又契合眼前“临洞庭”所见，表达出仕的意愿，言外有希望张丞相伸出援手的意思。张说欣赏孟浩然的才学，为他的怀抱所感动，几年后回到朝廷，真的向玄宗举荐孟浩然。没料到孟浩然在玄宗面前作了《岁暮归南山》，惹恼了皇帝。诗曰：

北阙休上**书**，南山归敝**庐**。不才明主弃，多病故人**疏**。
白发催年老，青阳逼岁**除**。永怀愁不寐，松月夜窗**虚**。

刚有了一点儿机会，就发起牢骚，玄宗看后很生气：是你不求仕，怎能怪罪我嫌弃你呢！结果真的嫌弃他，放还故乡。文人一作起诗来就忘乎所以，说话毫无顾忌，又好发牢骚，仕途上少有得意的。孟浩然这个故事，史称“转喉触讳”，对读书人也是一个教训。

“长安居，大不易”，孟浩然在长安把盘缠都用完了，作《秦中寄远上人》，诉说苦境：

一丘常欲卧，三径苦无**资**。北土非吾愿，东林怀我**师**。
黄金燃桂尽，壮志逐年**衰**。日夕凉风至，闻蝉但益**悲**。

首联写自己志在山林，但实在太清贫，无力隐居。颔联为自己开脱，这次来长安，不是自己的夙愿，还是想回乡与远上人（僧人）为邻。颈联感叹留在长安物价太贵，烧柴像烧桂枝一样，钱都用完了，志气也大为颓丧。尾联闻秋蝉而增悲，可谓是寒蛩之鸣。孟浩然返乡前作《留别王维》：

寂寂竟何待，朝朝空自**归**。欲寻芳草去，惜与故人**违**。

当路谁相假，知音世所**稀**。只应守寂寞，还掩故园**扉**。

失望，落寞，真是一副悻悻而归的可怜相，连"寂寂""寂寞"有重字都顾不上了。临别还不忘抱怨："当路谁相假，知音世所稀。"孟浩然回到襄阳后作《与诸子登岘山》：

湖北襄阳岘山孟浩然摩崖石刻雕像

孟浩然作有《与诸子登岘山》，千年后他的雕像依偎岘山，石刻竹子、书案、毛笔相伴，依稀当年模样。

人事有代谢，往来成古今。江山留胜迹，我辈复登临。

水落鱼梁浅，天寒梦泽深。羊公碑尚在，读罢泪沾襟。

这是首联、颈联对仗的五律。襄阳的岘山因羊祜而著名。西晋初，羊祜镇守襄阳，登岘山时对同游者慨叹：“自有宇宙，便有此山，由来贤达胜士，登此远望，如我与卿者多矣，皆湮没无闻，使人悲伤。”羊祜去世后，襄阳百姓建碑于此，见者堕泪，人称“堕泪碑”。孟浩然此诗前四句就是为此而发的议论：人事一代代不断地兴废，寒来暑往自成古今，谁也跳脱不出这历史的宿命。当年在此抒发感叹的羊祜不见了，只留下堕泪碑这一胜迹，今日我们又登临此山。颈联转笔写登山所见秋冬之际的萧条景象，景以情观。尾联抒情，读罢羊公之碑，当年的感慨如今更令人悲伤了。羊公曾建立不朽的功勋，碑铭尚在人间，那么我辈靠什么传名后世呢？羊祜当年发人深省的喟叹，是一个拷问灵魂的人生问题：人如何能超越死亡的有限而走向永恒呢？太上立德，其次立功，其次立言。羊祜立功，孟浩然可算得上“立言”。这首诗与“堕泪碑”一样，使得他二人名逾金石之坚。

诗人在生活中往往处处碰壁，非陈诗长歌何以展其义、骋其情？郁积心中的幽怨之气冲口而出，发为浩叹，诗歌多是穷愁失意者的不平之鸣。武则天万岁通天元年（696），陈子昂跟随建安王武攸宜征讨契丹。武攸宜是武则天的侄子，不晓军事又骄横跋扈，出兵不利，前军陷没，职任随军参军的陈子昂提出几项计策，武攸宜不但不采用，还把他贬为军曹。陈子昂愤愤不平，登上今天北京西南的幽州台。传说这是战国时燕昭王招募贤士郭隗、乐毅的黄金台。历史上的君臣遇合反而激起陈子昂此时怀才不遇的悲愤，唱叹出《登幽州台歌》：

前不见古人，后不见来者。
念天地之悠悠，独怆然而涕下！

真有独立苍茫，天地何极的孤独感！虽不写景，但有强大的历史穿透力，抒发出世人普遍的悲哀，具有深邃的宇宙意识。

李白曾赞美陈子昂是人中麟凤，他和陈子昂一样情怀愤激，但比陈子昂多一份超脱。陈子昂讲“兴寄”，李白讲“逸兴”。同样是抒写不得意，李白大气飘举，纵横开阖，似天马行空，一片神光。

（元）任仁发绘《饮中八仙图卷》（局部）

李白自称“臣是酒中仙”，在长安城过了一段率性豪奢的生活。

“酒中仙”李白曾有过供奉翰林的光辉经历，离开南陵（今属安徽）入京时高唱“仰天大笑出门去，我辈岂是蓬蒿人”，似乎可以扶摇直上了。他在长安城曾过了一段御手调羹、贵妃捧砚、力士脱靴的豪奢生活，但是，“文章憎命达，魑魅喜人过”（杜甫《天末怀李白》），没两年就招人嫉恨，于天宝三载（744）被玄宗皇帝赐金放还。他此时知道“行路难”了，作了一篇乐府《行路难》：

金樽清酒斗十**千**，玉盘珍羞直万**钱**。
停杯投箸不能食，拔剑四顾心茫**然**。
欲渡黄河冰塞**川**，将登太行雪满**山**。
闲来垂钓碧溪上，忽复乘舟梦日**边**。

行路**难**！行路**难**！多歧路，今安**在**？
长风破浪会有时，直挂云帆济沧**海**。

口角津津地赞叹京城的美酒佳肴，但此时没心情享受，心里茫然，因为有恶人当道，志愿难遂。“闲来”二句用典，姜子牙未遇周文王时，只是磻溪钓徒；伊尹梦到乘舟过日月之边，不久得到商汤的重用。君臣遇合，真是难以逆料。二句其实显示了李白内心的矛盾：既感叹行路艰难，又不忍就此罢休。从最后二句可见李白壮志犹在，还较乐观，相信会有“长风破浪”之时日。“直挂云帆济沧海”比喻实现政治理想。有人解释为“浪迹江湖”，恐怕不确切。

这时的李白是孤独的。李白的孤独感无人能理解。他的五古《月下独酌》曰：

花间一壶酒，独酌无相**亲**。举杯邀明月，对影成三**人**。
月既不解饮，影徒随我**身**。暂伴月将影，行乐须及**春**。
我歌月徘徊，我舞影零**乱**。醒时同交欢，醉后各分**散**。
永结无情游，相期邈云**汉**。

（明）杜堇绘《古贤诗意图卷》（局部）

画家根据李白《把酒问月》诗意所绘，李白月下独酌的孤独感力透纸背。

陶渊明曾作过《形影神》诗，表达任运委化的豁达人生观。李白发挥奇妙的想象，写得很热闹，举杯邀月，对影起舞，实际上更凸显他独酌无亲，形影相吊。孙洙评说："题本'独酌'，诗偏幻出三人。月影伴说，反复推勘，愈形其独。"点到了要害。

李白终究没有"长风破浪"之一日，此后他漫游南北。天宝十一载（752）到河南嵩山去见隐居于此的老友元丹丘，写下豪气淋漓的天纵之作《将进酒》：

君不见，黄河之水天上**来**，奔流到海不复**回**。
君不见，高堂明镜悲白**发**，朝如青丝暮成**雪**。
人生得意须尽欢，莫使金樽空对**月**。
天生我材必有用，千金散尽还复**来**。
烹羊宰牛且为乐，会须一饮三百**杯**。
岑夫子，丹丘**生**，将进酒，杯莫**停**。
与君歌一曲，请君为我倾耳**听**。
钟鼓馔玉不足贵，但愿长醉不复**醒**。
古来圣贤皆寂寞，惟有饮者留其**名**。
陈王昔时宴平**乐**，斗酒十千恣欢**谑**。
主人何为言少钱，径须沽取对君**酌**。
五花马，千金**裘**，
呼儿将出换美酒，与尔同销万古**愁**。

开首二长句，形成排山倒海之势，韵脚一平一仄，荡气回肠，顿挫有力。以黄河水不复回比喻时光飞逝，青春不再。唯有把酒纵意，度此短暂一生。这时李白壮志并没有完全颓丧，还很自负，相信“天生我材必有用”。据说这句最初文字是“天生吾徒有俊材”，后来李白自己作了修改，变成传世的文本。“天生吾徒有俊材”不过是《中庸》所谓“天之生物，必因其材而笃焉”的意思，没有什么新奇，而“天生我材必有用”，重点在“必有用”三字。这诗句鼓舞过许许多多消沉颓废的人挺起腰杆，振作起来，勇往直前。——胡适年轻时轻狂放荡，就是因为这句诗的感奋而努力进取，成为一代名人。李白是个轻财好施的慷慨人，放还时朝廷赐给的三十余万钱，不到一年全花光了，可能一半都用在喝酒上。他邀请《多宝塔碑》文字的作者岑勋和“逸人”元丹丘，痛饮浩歌，借酒消愁，发出“古来圣贤皆寂寞，惟有饮者留其名”的狂傲之论。全诗长短句错综，多次换韵，节奏跳荡纵逸，就像他那被酒精点燃了的跳动不安的心灵。

天宝十二载（753），李白在安徽宣城。看他的《宣州谢朓楼饯别校书叔云》：

弃我去者，昨日之日不可留；

乱我心者，今日之日多烦**忧**。
长风万里送秋雁，对此可以酣高**楼**。
蓬莱文章建安**骨**，中间小谢又清**发**。
俱怀逸兴壮思飞，欲上青天览明**月**。
抽刀断水水更**流**，举杯销愁愁更**愁**。
人生在世不称意，明朝散发弄扁**舟**。

尤韵多感慨，间以入声月韵作顿挫，读起来似郁积已久的愤怨喷薄而出，气贯长虹。发端就直接抒写郁结之气，冲口而出，不可逆遏。“长风万里”二句点题，饯别族叔李云。饯别地点在安徽宣州的谢朓楼，南齐著名诗人谢朓任宣城太守时建造此楼。蓬莱，借指东汉用于藏书、校书的东观。族叔李云曾任秘书省校书郎，因此以东汉文章和建安风骨赞美他。后一句赞小谢诗赋清新秀发，是以谢朓自比。李白“一生低首谢宣城”，对谢朓佩服得五体投地，有“解道澄江净如练，令人长忆谢玄晖”（谢朓字玄晖）、“我吟谢朓诗上语，朔风飒飒吹飞雨”等句，对小谢诗赞不绝口。叔侄二人壮思飞动，欲上九天揽月，可谓逸兴超迈，想象新奇。但马上又跌入现实，沉重绵长的忧愁，似流水之不可切断，美酒也浇不平心中的垒块。末二句谓

（明）黄凤池辑《唐诗画谱》（局部）

画家根据李白《示家人》中“日日醉如泥”所绘，李白有时是酒助诗兴，有时是借酒消愁。

（明）黄凤池辑《唐诗画谱》（局部）

道不行，则乘桴浮于海，李白当此“人生在世不称意”之时为自己保留了“明朝散发弄扁舟”的隐逸念想。

既然在世不得志，便可归隐江湖。全诗意脉旋折流宕，气势飘逸豪放，是唐诗不可多得的壮美华章。

进身无门而又不甘退隐，是李白人生最为突出的思想矛盾，这个矛盾煎熬他，所以诗歌多逸宕不平之气。李白后来还做了一件蠢事。在北方安史之乱正在危急之际，他参与了江南永王李璘的叛乱，结果被判罪流放夜郎。幸亏肃宗皇帝网开一面，赦免了他的罪。李白于乾元二年（759）到达白帝城时就遇赦，立即乘舟东下，作《下江陵》：

朝辞白帝彩云**间**，千里江陵一日**还**。
两岸猿声啼不住，轻舟已过万重**山**。

用词夸张，节奏迅疾，诗人遇赦的喜悦心情跃然纸上。这首诗一般题作《早发白帝城》，是《李太白集》中最为迅快的一首诗。同样迅快的诗，还有杜甫《闻官军收河南河北》：

剑外忽传收蓟北，初闻涕泪满衣**裳**。
却看妻子愁何在，漫卷诗书喜欲**狂**。

白日放歌须纵酒，青春作伴好还乡。
即从巴峡穿巫峡，便下襄阳向洛阳。

采用洪亮流畅的江阳韵，三四两句流水对，多用虚字动词，尾联“巴峡”“巫峡”和“襄阳”“洛阳”回环往复，构成迅捷流畅的节奏，诗人抑制不住的喜悦心情溢于言表，浦起龙称此为杜甫“生平第一首快诗”。孙洙评曰：“一气旋折，八句如一句，而开合动荡，元气浑然，自是神来之作。”让杜甫如此欣喜若狂的，是广德元年（763）正月在四川梓州听闻叛将史朝义兵败自杀，田承嗣、李怀仙相继投降，“安史之乱”彻底平息的喜讯。

杜甫达也心忧天下，穷也心忧天下，一辈子活得很辛苦。早年意气风发，有雄心壮志，二十四岁至泰山脚下写出五古《望岳》：

岱宗夫如何？齐鲁青未了。造化钟神秀，阴阳割昏晓。
荡胸生层云，决眦入归鸟。会当凌绝顶，一览众山小。

诗人仰望泰山，描写泰山雄伟的气势和壮丽的景象，最后用

《孟子·尽心上》所言孔子“登泰山而小天下”的典故，抒写远大的抱负。他晚年漂泊西南时，则不免显出叹老嗟卑的颓唐。唐代宗大历二年（767）九月杜甫五十六岁，寓居夔州（今属重庆）作《登高》：

风急天高猿啸**哀**，渚清沙白鸟飞**回**。
无边落木萧萧下，不尽长江滚滚**来**。
万里悲秋常作客，百年多病独登**台**。
艰难苦恨繁霜鬓，潦倒新停浊酒**杯**。

这是一首格律严整的七律，是“晚节渐于诗律细”（《遣闷戏呈路十九曹长》）的典范。首四句写登高所见空阔涵浑、苍茫萧瑟的秋日景象。后四句转笔写自己衰老多病、穷困潦倒的苦况，凄景悲情相互映衬。回想他年轻时“赋料扬雄敌，诗看子建亲。……自谓颇挺出，立登要路津”（《奉赠韦左丞丈二十二韵》）的意气洋洋，真令读者黯然神伤。第二年，杜甫乘舟出三峡至荆门，夜晚时分把船停在长江口，作了《旅夜书怀》：

细草微风岸，危樯独夜**舟**。星垂平野阔，月涌大江**流**。

名岂文章著，官应老病**休**。飘飘何所似，天地一沙**鸥**。

前四句写景，紧扣题目“旅夜”二字。首句是从江上看岸边，微风吹拂细草，次句说在这寂寞的夜晚只有高高的桅杆相陪伴，这是近景、小景；颔联野阔星垂、江流月涌，是江汉平原的夜景，是远景、大景。特别是“垂”字、“涌”字，只有在平阔的原野上，才能感觉到星星像垂挂在夜空；月影映照在江心，波光闪烁，似乎是月光随大江奔流而涌动着。景象阔大，气势雄浑。诗人在夔州那个多山的地方很长时间没有见到这么开阔的景象了，于是形诸笔下。在这个孤独宁静的夜晚，诗人陷入沉思：仅靠文章就能提高名望了吗？年老病多，本就该告老退休了。诗人本指望“立登要路津”，“致君尧舜上，再使风俗淳”，没想到一事无成，只有佳句万人传，心有不甘，却又无奈。最后二句以天地间的一只沙鸥比喻自己漂泊不定、孤苦无依的境况。当年离开长安城时，杜甫《奉赠韦左丞丈二十二韵》末句曰“白鸥没浩荡，万里谁能驯”，一副桀骜不驯的神气；此时则衰惫不堪，令人心生悲悯。两年后，杜甫在潭州逝世，陪伴他的只有一条小破船。

2. 亲情友谊

亲情是人类割舍不了的情感，友情是维系社会共同体的情感纽带。孝悌友爱是中国人最基本的伦理情感，也是历代诗人反复吟咏的内容。“哀哀父母，生我劬劳”（《诗经·小雅·蓼莪》）、“脊令在原，兄弟急难。每有良朋，况也永叹”（《诗经·小雅·常棣》）、“嘤其鸣矣，求其友声”（《诗经·小雅·伐木》），每每吟诵这些抒发天伦人伦之情的诗篇，就会触动最柔弱的内心深处。诗是情感的安慰剂。古人“嘉会寄诗以亲，离群托诗以怨”（钟嵘《诗品序》）：亲人朋友的聚会，借诗以助兴；离群索居，唯有诗可浇愁。家是人生的港湾，受伤的心灵需要慈母的抚慰、兄弟的鼓励。汉乐府民歌就曾发出“悲歌可以当泣，远望可以当归”（《悲歌》）的感慨。谢灵运忽见族弟谢惠连而得名句“池塘生春草，园柳变鸣禽”（《登池上楼》）。苏轼在狱中最想念的是弟弟苏辙，《狱中寄子由》曰：“与君世世为兄弟，更结来生未了因。”清代诗人蒋士铨岁末回家，母亲高兴得睡不着觉，看着儿子清瘦的面庞心疼，着急地询问在外的情形，诗人“低回愧人子，不敢叹风尘”（《岁暮到家》），将“愧为人子”的内疚和盘托出。亲情与友情，是人类普遍的情感，也是诗歌永远的主题。抒写兄弟间亲情和朋友间慰勉的诗歌相对较多；抒写父母与子女间情感的诗歌，特别是对父亲写的诗歌，相对要少些。因为“文章且须放荡”，对严父慈母的敬畏抑制了才思，诗人是不敢在父母面前逞才的，或者说这种血脉亲情超越一切语言。

写亲情的诗，当以孟郊《游子吟》为第一，妇孺皆知、脍炙人口：

慈母手中线，游子身上**衣**。
临行密密缝，意恐迟迟**归**。
谁言寸草心，报得三春**晖**。

诗中写的是看似平常的母子骨肉亲情，却是人类普遍的情怀，因此能令一代代读者产生强烈的情感共鸣。诗歌选取日常最普通的场景来写，“密密缝”的细节在读者心头浮现出白发母亲在油灯下一针一线给游子缝制衣服的形象，母亲的爱和牵挂都凝聚在密密的针脚里，“意恐”句补足母亲的牵挂和思念。最后二句用小草不能报答春天的阳光来比喻母爱的伟大难以报答，比喻贴切，语言明丽，情感真切，感人至深。金圣叹说："诗非异物，只是人人心头舌尖所万不获已、必欲说出之一句说话耳。"孟郊《游子吟》就是这样的诗。

中国人比较含蓄，不善于表达父子、母子的亲情。在诗歌里，这样的亲情往往被泛化为一种怀乡之思。乡愁是诗歌的一大主题，唐诗更是如此，思乡主题是《唐诗三百首》选诗的大宗。宋之问因趋附张易之兄弟，被贬泷州参军，生活凄惨。神龙二年（706）春，他偷偷逃还洛阳，渡过汉江，离家不远了。此时他作诗《渡汉江》：

岭外音书断，经冬复历春。
近乡情更怯，不敢问来人。

《唐诗三百首》延续《万首唐人绝句选》之误署李频作，其实这是宋之问的诗。宋之问被贬至岭南，不通音信，不知道家里的情况如何，急急忙忙地往家里赶，但是越临近家乡，心里越是羞怯：因贬而逃还，如何面对家人啊？也越发胆怯：家里情况怎么样？会不会有不好的消息啊？越是焦急越是不敢问。就像在外读书的学生，一听到家里打来的电话铃声就紧张，总是担心家里发生什么不好的事。“近乡情更怯”是游子们普遍体会得到的情感。诗歌写的是人之常情，真切而自然。

天宝八载（749），岑参在安西四镇节度使高仙芝幕中任右威卫录事参军，充节度使幕掌书记。他本来在长安有别业，可安稳度日，现在去边陲沙漠，满腹悲愁，路上恰巧遇着去长安的使者，忍不住乡思之泪，匆匆写下绝句《逢入京使》：

故园东望路漫**漫**，双袖龙钟泪不**干**。
马上相逢无纸笔，凭君传语报平**安**。

应该是先在马上逢入京使，然后东望故园，再流泪，现在倒过来写，这叫逆挽法。这样显得突兀不凡，不至于平直。后二句谓没有纸笔，只好带个口信。这样的场景在日常生活中时可遇到，寻常事、寻常景，一进入诗人笔下，便成绝唱。这就是王国维《人间词话》所谓“若夫悲欢离合、羁旅行役之感，常人皆能感之，而惟诗人能写之”。

和平时期，怀乡之情往往跟个人仕途失意的落魄情怀相交融，如孟浩然《早寒有怀》。经历战乱以后，思亲怀乡往往与伤时悯乱打并一处，诗歌主题得到升华。安史之乱爆发后不久，杜甫困于长安，妻儿安置在鄜州的羌村，虽然相隔不是太远，但在战乱中得不到亲人的消息，更不能团聚，作《月夜》表达对妻子的思念和担忧：

今夜鄜州月，闺中只独**看**。遥怜小儿女，未解忆长**安**。
香雾云鬟湿，清辉玉臂**寒**。何时倚虚幌，双照泪痕**干**。

这首诗构思的妙处在于，明明是自己思念妻子，却对面着笔，写妻子在鄜州闺中思念我，且用小儿女不解思念长安反衬妻子思念之深切和孤独。颈联发挥想象，用秾丽笔墨描写妻子在秋夜里对月怀人的情景，都是想象中的虚拟，更看得出诗人对妻子的深情。尾联以期盼团聚结束。杜甫不止有“致君尧舜上，再使风俗淳”的忠君爱国，对于夫妻、兄弟、朋友之情也尤为笃厚，所以梁启超称赞他是“情圣”。你看杜甫思念弟弟的诗《月夜忆舍弟》：

戍鼓断人**行**，边秋一雁**声**。露从今夜白，月是故乡**明**。

有弟皆分散，无家问死**生**。寄书长不达，况乃未休**兵**。

自安史之乱后，许多文人为躲避战乱而四处奔波，妻离子散，鹡鸰之悲，一幕幕在上演。杜甫有四个兄弟——杜颖、杜观、杜丰、杜占，三个兄弟在安史之乱中流落至河南和山东，杜甫带着小弟杜占向西北至秦州（今甘肃天水）。在乾元二年（759）秋天的一个月夜，杜甫思念兄弟而作此诗。首句谓夜深人静，孤零零的一只大雁在这边秋的夜空哀鸣，这一天还是一个特殊日子——白露节气。古人常用雁序比喻兄弟，由大雁想到兄弟，想到故乡。“月是故乡明”成了经典诗句。本来月光哪儿都一样，但是因为思念家乡而觉得故乡的月亮更为亲切、更为明亮。这就是“以我观物，故物皆着我之色彩”（王国维《人间词话》）。后四句写得非常沉痛，本来兄弟应该雁行有序，现在却分散各地，在洛阳附近的家已经毁于战火，因此生死消息无从知道。战争烽火还在燃烧，连寄个信儿也寄不到，真是令人愁肠萦回，难以忍受。当他得到舍弟的消息时，悲喜交加，简直是泪流成河：“犹有泪成河，经天复东注。”（《得舍弟消息》）

唐德宗贞元十五年（799）二月，宣武军在河南道作乱，随后彰义节度使吴少诚在此叛乱。白居易当时在洛阳，全家离散，作诗寄弟妹，有“共看明月应垂泪，一夜乡心五处同”（《望月有感》），为千古名句。乱世中兄弟们分散各处，但手足之亲、思乡之情，是“共”“同”的。诗歌能把人类普遍的至深的情怀写出来，尤为感人。

孔子说：“诗可以群。”所谓群，即群居相切磋砥砺。友朋离别，以诗相慰相勉，同声共气，也是“诗可以群”。在古代，离别远行前，亲友相聚饯行，往往有诗相赠。这类“赠别诗”在唐代非常兴盛，是《唐诗三百首》中一个大类，有许多脍炙人口的名篇。王勃《送杜少府之任蜀州》曰：

城阙辅三**秦**，风烟望五**津**。与君离别意，同是宦游**人**。
海内存知己，天涯若比**邻**。无为在歧路，儿女共沾**巾**。

唐时称县尉为少府，可惜这位杜少府其名不详。杜少府从长安去蜀地赴任。首句是写长安，三秦大地拱卫帝京；次句是写蜀地，赴任之地，遥望岷江，五津风烟弥漫。二句对仗工整，气势宏阔。颔联点题送别，不工整的流水对，疏宕灵活。后面二联抒写送别之情，以叮嘱的口气宽慰对方：如果是知己朋友，即使远隔天涯也像比邻而居；不要像年轻男女那样，临别时哭哭啼啼。起承转合，圆融浑然。颈联是人人传诵的名句。送别诗一般是情绪低沉悲伤的，“悲莫悲兮生别离”（屈原《楚辞·九歌》），但这首诗胸襟开阔，格调明朗，情感健康积极。虽在初唐，已透出明朗活泼的气象。

唐诗有时就是一则尺牍，散郁陶，托风采，是朋友间联络感情的书信。唐诗多以“寄”为题，一首诗就是一封信。杜牧与韩绰曾一同在扬州淮南节度使任职，算是同事。后来杜牧任宣州团练判官，调到宣城，想念旧时的同僚，作《寄扬州韩绰判官》：

青山隐隐水迢**迢**，秋尽江南草木**凋**。
二十四桥明月夜，玉人何处教吹**箫**。

首二句写自己所处宣州江南水乡，与故人山水相隔，深秋时草木衰败，寂寞的心情隐然言外。后二句遥想韩绰在扬州过着风流放浪的生活，因为是昔日同僚，杜牧在戏谑中寄托对朋友的思念，笔调轻松。而李商隐要沉重、压抑得多。李商隐是牛僧孺与李德裕党争的牺牲品，先投靠牛党的令狐楚，后又投靠李党的王茂元并娶了他的女儿，这样便两边儿不讨好。会昌五年（845），李商隐在洛阳，穷病潦倒，昔日的朋友令狐绹（令狐楚之子）来信慰问，李商隐作《寄令狐郎中》：

嵩云秦树久离**居**，双鲤迢迢一纸**书**。
休问梁园旧宾客，茂陵秋雨病相**如**。

嵩云代指洛阳，秦树代指长安，令狐绹时在长安，任右司郎中。两人分别很久，令狐绹来了一封书信，诗人很感激。第三句把自己比为西汉梁孝王的宾客，因为李商隐曾是令狐楚家的门客，得到过令狐楚父子的提携。第四句以害消渴病的司马相如比拟自己其时的处境。虽然说“休问”，实际上是指望老朋友在困难时能拉他一把。但当时牛李两党结怨太深，五年后令狐绹做了宰相，并没有提携李商隐，他在郁郁寡欢中度过余生。

唐代诗人多方外之友，与世俗之外的僧、道有频繁交往，这是与前人不同的地方。唐人留下一些与僧道友人交往的诗作。有的因为入选《唐诗三百首》而成了名篇。韦应物诗句“我有一瓢酒，可以慰风尘”(《简卢陟》)，其中真切而朴实的友情，温暖了在风尘中为生计奔波的芸芸众生的心灵，所以近年在网络上流行。同样的意思，还出现于韦应物《寄全椒山中道士》：

今朝郡斋冷，忽念山中**客**。涧底束荆薪，归来煮白**石**。
欲持一瓢酒，远慰风雨**夕**。落叶满空山，何处寻行**迹**。

这首诗作于韦应物任滁州刺史时。深秋的一天，郡斋清冷无聊，诗人忽然想起全椒山中道士。三四句写道士过着远离世俗的高洁而清苦的生活。诗人在风雨飒飒的傍晚，欲持一瓢酒访客清谈，但是落叶满山，无人行迹，哪里去寻道士的身影呢？就像“云深不知处”一样，寻而不得，给人留下回味的空间。韦应物以刺史身份而欲去寻访一位道士，可见得他精神境界之超然脱俗。

唐代时，日本僧人远渡大洋来中国求学问道，与中国诗人诗酒唱和，建立起深厚的友谊。钱起《送僧归日本》：

（清）董诰绘《开韶集胜册》之“春林生翠”（局部）

策杖携琴的隐士形象颇符合韦应物《寄全椒山中道士》诗山中寻访道士的情境。

上国随缘住，来途若梦行。浮天沧海远，去世法舟轻。

水月通禅寂，鱼龙听梵声。惟怜一灯影，万里眼中明。

“上国”，指中国。首二句回想当初僧人来大唐时的情景，千里迢迢，乘风破浪，真似梦行。三四句写僧人乘舟东海回归日本。“去世”，离开尘世。“法舟轻”有祝愿一帆风顺之意。颈联“水”“月”“鱼”“龙”，都是僧人行舟海上可能见到的事物，“通禅寂”“听梵声”契合僧人身份，二句谓僧人在水月澄澈中参禅入定，诵经之声能使鱼龙出听而受感化。末二句抒写依依惜别之情。“惟怜”，最爱。“灯”，既指僧人舟上之灯，更指佛法，僧人此去，佛法传灯于日本。诗人看着渐渐远去的行舟，久久不忍回头。

李白与杜甫的友情，是诗坛上的千古佳话。二人曾有一同浪游梁宋的经历，杜甫有十余首诗歌是为李白而作的，记录下“醉眠秋共被，携手日同行”（《与李十二白同寻范十隐居》）的友情。李白比杜甫大十一岁，是杜甫心中的偶像，二人分别之后，李白常常出现在杜甫的梦里。杜甫有《梦李白》二首：

其一

死别已吞声，生别常恻**恻**。江南瘴疠地，逐客无消**息**。
故人入我梦，明我长相**忆**。恐非平生魂，路远不可**测**。
魂来枫林青，魂返关塞**黑**。君今在罗网，何以有羽**翼**？
落月满屋梁，犹疑照颜**色**。水深波浪阔，无使蛟龙**得**！

其二

浮云终日行，游子久不**至**。三夜频梦君，情亲见君**意**。
告归常局促，苦道来不**易**。江湖多风波，舟楫恐失**坠**。
出门搔白首，若负平生**志**。冠盖满京华，斯人独憔**悴**。
孰云网恢恢，将老身反**累**。千秋万岁名，寂寞身后**事**。

至德二载（757），李白因参与永王李璘叛乱被流放至夜郎，虽然后来不久遇赦放还，但杜甫流寓在秦州，消息闭塞，不知李白的存亡，所以诗中曰："江南瘴疠地，逐客无消息。"杜甫常常思念李白，李白的魂魄便出现在梦中。枫林是李白所在的江南，关塞是杜甫所在的秦州，这么远的路程，李白的魂魄是怎么自来自去的呢？李白在罗网之中，难道长了翅膀？杜甫梦醒之后，恍恍惚惚，不敢相信，只能默默为好友祈祷："水深波浪阔，无使蛟龙得！”

第二首还是写梦。自天宝四载（745）两人在兖州城分开后就再没有见面了，所以说“游子久不至”。杜甫连续三夜频繁地梦到李白，却说是李白特意来入梦中，更见得友情亲切。“告归”以下六句是述梦。梦中李白向杜甫“苦道来不易”，又言“江湖多风波”，一路艰险无比，匆忙向杜甫告别。杜甫看着李白搔首出门，似乎枉抱了一生壮志。最后六句是杜甫醒后为李白叫屈，京华大街小巷都是达官贵人，李白这样有才气的人竟然憔悴困苦！谁说天道公平，像李白这样的人到老了竟遭受冤屈！即使是赢得千秋万岁的英名，也只是寂寞身后之事了，不足以补偿此生冤屈的遗憾。杜甫以为李白真的死了，悲痛之极，乃至骂世、鸣不平。

《唐诗三百首》还选了杜甫同一时期的五言律诗《天末怀李白》：

凉风起天末，君子意如**何**？鸿雁几时到，江湖秋水**多**。
文章憎命达，魑魅喜人**过**。应共冤魂语，投诗赠汨**罗**。

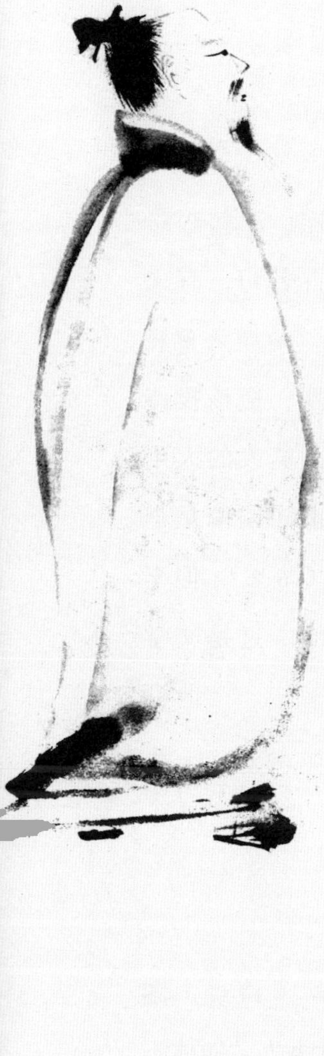

（宋）梁楷绘《太白行吟图》

寥寥几笔水墨画，尽显李白“诗仙”风神，其洒脱飘逸令杜甫神往。李白多次出现在杜甫梦中。

蒋兆和绘杜甫像

杜甫忧国忧民的忠厚形象担得起“诗圣”的美誉。李白教我们仰望星空，杜甫教我们脚踏实地。双子星座，各有其美。

开篇的问句，就抒写了诗人对李白的深切牵挂。三句久盼书信而不至，四句暗示世事险恶。颈联是千古名句，有文才的人命运多舛，山妖水怪等着你经过呢！（也有人解释“过”为过错。）最后二句谓李白去夜郎经过汨罗，应该投诗赠屈原向他倾诉，意即李白和屈原一样遭受了莫大的人生冤屈。李白的桀骜不驯为世人所不容，但杜甫却偏偏是李白的“铁粉”：“世人皆欲杀，吾意独怜才。”（《不见》）但李白诗集里只有两首诗是关于杜甫的，似较冷淡。这是文学史上的难解之谜。

3. 田园山水

中国以农业立国，农事很早就进入文学。《诗经·豳风·七月》就是周朝祖先农业经验的记录。但读书人“四体不勤，五谷不分”，一般不直接歌咏农事。至东晋，陶渊明才真正“开荒南野际，守拙归园田”（《归园田居》其一），成为“隐逸诗人之宗”，也是田园诗人之祖，为后代读书人树立了新的榜样。唐代王绩、王维、孟浩然、白居易等许多诗人沿着陶渊明的道路，继续田园诗的写作，取得丰赡的成绩。宋人的田园诗更为生活化，农家之日常琐细事都可入诗，化俗为雅，表现诗人平常而又超然的人生意趣。如范成大的《四时田园杂兴》，田园景色、自然风物与诗人恬淡畅适的雅兴相融会，风格平淡自然。宋代还设有“劝农使”，劝课农桑。江万里《劝农》诗“欲知太守乐其乐，乐在田家欢笑中”，彰显同百姓甘苦与共的仁厚之德。宋代以后的田园诗多叙写百姓遭遇天灾人祸的苦难，表达对底层百姓的同情。明清时期，农村田园生活愈益成为文人诗歌的重要内容，且叙事性有所加强，是地方民情的风俗画。

田园与山水是读书人摆脱官场冗杂、畅适情怀的好去处，也是诗人喜好歌咏的题材，田园山水诗在唐代达到了高峰，甚至有“田园山水诗派”之称。说“诗派”不一定准确，说田园山水是唐诗题材的一大类型，是没有问题的。

孟浩然“尝读《高士传》，最嘉陶征君”（《仲夏归汉南园寄京邑耆旧》），一生没有做官，隐居襄阳的鹿门山，像陶渊明一样，真正亲耕垄亩。东汉末年的隐士庞德公曾归隐鹿门山，孟浩然引为同调，作《夜归鹿门歌》曰：

(清)董诰绘《开韶集胜册》之“春畲新绿”(局部)

田园有屋舍桑竹之美，有鸡鸣犬吠之声，比自然更接近人间，寄托了读书人的耕读理想。

山寺钟鸣昼已**昏**，渔梁渡头争渡**喧**。
人随沙岸向江**村**，余亦乘舟归鹿**门**。
鹿门月照开烟**树**，忽到庞公栖隐**处**。
岩扉松径长寂寥，惟有幽人自来**去**。

这是一首七言古诗。“昏”“喧”“村”“门”押平声十三元韵，“树”“处”“去”邻韵通押。前四句写傍晚时分的村野生活，后四句是市人行尽野人行，转到写诗人在月照烟树的清夜，拜访庞德公栖隐之处，像个幽人一样，独来独往，心地悠然。孟浩然笔下的田园生活，质朴而温馨，亲切而真诚，一片返本归真的境界，令人神往。且看他的《过故人庄》：

故人具鸡黍，邀我至田**家**。绿树村边合，青山郭外**斜**。
开轩面场圃，把酒话桑**麻**。待到重阳日，还来就菊**花**。

首联点题，“具鸡黍”，准备丰盛的农家饭菜，兼用《论语·微子》“止子路宿，杀鸡为黍而食之”和范云《赠张徐州谡》“恨不具鸡黍，得与故人挥”的典故。颔联写田家之景，一句近景，一句远景，清新静谧。颈联写入室把酒闲谈农事，用陶潜《归园田居》“相见无杂言，但道桑麻长”典故。末联写相约。菊花指菊花酒，相约待到重阳日还来就饮。这是一幅“农家乐”的图景，具有浓郁的农村生活气息，从中可以想象“开元全盛日”农村生活的淳朴恬静。

孟浩然在唐代诗人中辈分较高，李白、杜甫等都被孟浩然的风流高致所吸引。杜甫赞赏孟浩然“清诗句句尽堪传”（《解闷》）。李白把孟浩然当作“故人”，作《黄鹤楼送孟浩然之广陵》：

故人西辞黄鹤**楼**，烟花三月下扬**州**。
孤帆远影碧空尽，惟见长江天际**流**。

情融于景，笔调轻松明快，画出一幅《楼头送客图》。李白又有《赠孟浩然》：

吾爱孟夫子，风流天下**闻**。红颜弃轩冕，白首卧松**云**。
醉月频中圣，迷花不事**君**。高山安可仰，徒此揖清**芬**。

（清）董诰绘《开韶集胜册》之“春社延宾”（局部）

孟浩然《过故人庄》虽是写夏日访友，亦可从此图中感知农家待客的朴实殷勤。

天下人都知道孟夫子的风流。“红颜”二句应“风流”，年纪轻轻就敝屣高官，隐居以终，这种淡泊高蹈的情怀是当时亟亟于功名的士人所达不到的。李白对孟浩然表达高山仰止的崇敬之情，其“安能摧眉折腰事权贵，使我不得开心颜”的桀骜不驯未尝没有孟浩然精神的影子。一般认为李白这首诗写于开元二十七年（739），次年孟浩然卒，可以当作李白给孟浩然写的悼辞读。

王维与孟浩然并称“王孟”，但王维从未真正归田隐居，而是过着亦官亦隐的生活。他是以旁观者的态度欣羡田园生活，《渭川田家》云：

斜阳照墟落，穷巷牛羊**归**。野老念牧童，倚杖候荆**扉**。
雉雊麦苗秀，蚕眠桑叶**稀**。田夫荷锄立，相见语依**依**。
即此羡闲逸，怅然吟《式**微**》。

描绘了初夏黄昏时分的一幅乡村图景，风景清新，民风淳朴，人情亲切，真实感人。诗人欣羡这份闲逸的情致，怅然有归隐之志。

王维在诗文中多次表达对陶渊明归田生活的向往。相传他十九岁就檃栝陶渊明《桃花源记》为《桃源行》，用歌行体重新演绎桃花源的故事，将陶渊明的世外桃源想象为超越人间的仙境，渔人由于尘心未尽，最终不辨仙源，无处再寻。沈德潜赞此诗“顺文叙事，不须自出意见，而夷犹容与，令人味之不尽”。张旭（或认为作者是宋人蔡襄）七言绝句《桃花溪》（一作《桃花矶》）亦以陶渊明《桃花源记》为题材，诗曰：

隐隐飞桥隔野**烟**，石矶西畔问渔**船**。
桃花尽日随流水，洞在清溪何处**边**。

“何处边”，就是“哪里”的意思，用问句化实为虚，尤有空灵缥缈的神韵。

唐人羡慕陶渊明归田生活的还有韦应物和柳宗元。代宗大历十年（775）前后，韦应物在长安任京兆府功曹参军，公事鞅掌，偷闲郊游，作《东郊》诗：

吏舍跼终年，出郊旷清**曙**。杨柳散和风，青山澹吾**虑**。
依丛适自憩，缘涧还复**去**。微雨霭芳原，春鸠鸣何**处**。

（明）黄凤池辑《唐诗画谱》（局部）

画家根据张旭《桃花矶》诗意所绘，画面抓住了“石矶西畔问渔船”的瞬间，周遭飞桥、桃花、清溪，似已寻着桃花源的路。

乐幽心屡止，遵事迹犹遽。终罢斯结庐，慕陶真可庶。

长年拘束于官舍，出游郊外，曙色清明，顿觉心旷神怡。“杨柳”以下六句写东郊清幽的春景和出游的舒畅情怀。心想止息于这片幽静之地，但是公事在身，行迹不免显得匆忙。“乐幽”二句写“出世”与“入世”在内心的挣扎。末二句表达羡慕陶潜，终当辞官归隐，筑室于此。其实韦应物并没有归隐田园，其诗歌境界与陶诗也终隔一层。柳宗元的《溪居》与韦应物此诗构思有相似之处：

久为簪组累，幸此南夷谪。闲依农圃邻，偶似山林客。
晓耕翻露草，夜榜响溪石。来往不逢人，长歌楚天碧。

柳宗元被贬为永州司马后，在零陵愚溪附近筑室，因此题曰《溪居》。首句“簪组”代指做官，柳宗元觉得做官是一种累赘，幸而贬谪至南夷，远离官场。他像山林之客一样，与农圃为邻，种田行船，独来独往，过着自由自在的生活。但“幸此南夷谪”是正话反说，“长歌楚天碧”隐然有牢骚不平之意。沈德潜评曰：“不怨而怨，怨而不怨，行间言外，时或遇之。”

中国人对山水自然的审美发现是有一个过程的。《诗经》里难得见到山水诗，《楚辞·远游》里山水描写有所增加。魏晋以后，玄学促使士人从庙堂走向山林，对自然的审美眼睛才真正地睁开了。左思《招隐诗》曰："非必丝与竹，山水有清音。"审美的耳朵从人工的音乐转向山水清音。谢灵运做永嘉（今属浙江温州）太守时，畅游山水，写了大量山水诗，堪称山水诗的鼻祖。

山水诗是唐代诗歌的大宗，一些弃官归隐的读书人，与麋鹿结伴，以云霞为友，徜徉山水，领略意趣，形诸笔下。即使一些混迹官场的士人，在复杂纷繁的倾轧之余，暂时远离世俗，休憩于花香鸟鸣之间，以葱绿醒目，以清泉洗心，也别有一番兴致。诗人遇山水，就像老朋友见面，有说不尽的话。《唐诗三百首》入选的山水诗尤其丰富。

因山水清景而兴隐居之意，是山水诗的基本主题。綦毋潜在安史之乱后归隐于江东别业，作《春泛若耶溪》：

幽意无断绝，此去随所**偶**。晚风吹行舟，花路入溪**口**。
际夜转西壑，隔山望南**斗**。潭烟飞溶溶，林月低向**后**。
生事且弥漫，愿为持竿**叟**。

首二句，幽居独处的意趣不曾中断，从此以后随遇而安，无不惬怀。接下来写泛舟溪上，转西壑，望南斗，水烟溶溶，林月渐行渐远。与茫茫世事相比，这真是一个清幽静谧的所在，诗人愿归栖于此，终老一生。的确，自然山水远离喧嚣，是安顿人生的好处所。

王昌龄曾隐居在长安郊区蓝田石门谷，常建来拜访，作《宿王昌龄隐居》：

清溪深不测，隐处唯孤**云**。松际露微月，清光犹为**君**。
茅亭宿花影，药院滋苔**纹**。余亦谢时去，西山鸾鹤**群**。

王昌龄隐居之地清雅幽远，唯有孤云作伴。三四句令人想起王维《竹里馆》“深林人不知，明月来相照”。“茅亭”句谓夜静，花影如眠。“药院”指种植芍药的院子，“滋苔纹”形容僻静，人迹不至。如此清幽之所，主人一定超拔不俗。诗人流连忘返，也想辞去世俗之累，回到自己所处的西山，与鸾鹤为群。诗中没有写人，但王昌龄高逸脱俗的隐士形象，于言外得之。

（清）董诰绘《开韶集胜册》之“春湖香雪”（局部）

“舟载仙禽访高士”的意境颇类似常建拜访隐居的王昌龄的情状。

王维有许多山水诗，都是借山水以抒写隐逸情怀。如《山居秋暝》：

空山新雨后，天气晚来**秋**。明月松间照，清泉石上**流**。
竹喧归浣女，莲动下渔**舟**。随意春芳歇，王孙自可**留**。

诗写于王维隐居终南山下辋川别业时。古人批评此诗中间四句“写景太多”，但颔联写景，颈联写人，有变化，不繁复，不算是毛病。尾联“王孙”用《楚辞·招隐士》的典故，反其意而用之：任凭它春芳消歇吧，这里的秋色自可留人。抒写的是归隐的志愿。

唐人把隐居常常挂在嘴边，动不动就说要隐居，有几个人真正像陶渊明那样躬耕陇亩、自食其力？“人道青山归去好，青山曾有几人归？”（杜牧《怀紫阁山》）多数人只是把它视为“终南捷径”而已，以隐逸博得高名，心里还是念着朝廷征辟给予高官厚禄。天宝九载（750），王维的内弟崔兴宗也想去终南山隐居，好友裴迪就写诗告诫他。裴迪《崔九欲往南山马上口号与别》曰：

（明）黄凤池辑《唐诗画谱》（局部）

王维《山居秋暝》“竹喧归浣女，莲动下渔舟”的场景与此图颇类似。

归山深浅去，须尽丘壑美。
莫学武陵人，暂游桃源里。

“口号”，随口吟成，即后人所谓口占一绝。果不其然，后来崔兴宗还是出来做官了，任右补阙和饶州长史。

六朝人有“山水以形媚道”的说法。山川焕绮，草木贲华，山水自然本身就是“道”的外在呈现。士人从烦杂的世俗中超脱出来，静坐于山水之间，万虑俱空，心地澄明，对人生之理、宇宙之道会有更深切的体悟。在写景的同时，传达出对宇宙人生的彻悟，这是唐人山水诗的另一主题。

盛唐诗人王湾在近年关时，乘船至润州（今江苏镇江），作《次北固山下》：

客路青山外，行舟绿水前。潮平两岸阔，风正一帆悬。
海日生残夜，江春入旧年。乡书何处达？归雁洛阳边。

首二句写诗人行迹，青山绿水，正是江南冬去春来之景。“潮平”二句，写春潮初涨的壮丽景象，水面开阔明净，一只帆船

（清）查士标绘《四季山水图册》之“武陵溪径”

陶渊明笔下的桃花源是历代文人的理想世界，但放不下做官梦的文人往往只是“暂游桃源里”。

像悬挂在空中，显示出前途宽广、蓄势待发的气象。颈联最为著名，残夜未尽，海日升起；旧年将终，新春已至。置早意于残晚中，旧事物孕育着新生机。张说居相府时曾手题此二句于政事堂，常常指示给文士，诗就该这么写。后人称此联“一句能令万古传”。有中间四句奠定基调，尾联转笔写乡思，只是淡淡的愁绪，毫无衰飒颓唐之感，显示出盛唐气象的明丽朗畅。

再看常建的《破山寺后禅院》：

清晨入古寺，初日照高**林**。曲径通幽处，禅房花木**深**。
山光悦鸟性，潭影空人**心**。万籁此俱寂，惟闻钟磬**音**。

这是一首题壁诗，题于常熟兴福寺（破山寺）禅院。境界清幽静雅，富有禅意。欧阳修喜爱颔联“曲径”二句，游览园林，往往于曲径通幽之处，豁然开朗，别有一番“禅房花木深”的景象，人生如此，闻知学道也是如此。殷璠喜爱颈联“山光”二句，一个“悦”字便有禅理，像庄子知鱼之乐一样体会鸟的喜悦；“潭影”之空，令人心中杂念顿然消散，进入空寂。最后二句，在万籁俱寂中传来了悠远的钟磬音，更显得清幽静谧，让人的心灵顿然彻悟，净化澄澈，而得禅悦之奥妙。

王维从小受母亲的影响，奉佛坐禅。学佛参禅的感悟时而渗透在他的山水诗中。如《过香积寺》：

不知香积寺，数里入云**峰**。古木无人径，深山何处**钟**。
泉声咽危石，日色冷青**松**。薄暮空潭曲，安禅制毒**龙**。

香积寺在陕西西安近郊。王维本不知山中有寺，深入云峰，在古木参天、人迹罕至之处忽闻钟声而始知有寺庙。首四句一气盘旋，流畅自然。颈联咏寺外幽景，赵殿成解释说：“深山恒境，每每如此。下一‘咽’字，则幽静之状恍然；着一‘冷’字，则深僻之景若见。昔人所谓‘诗眼’是矣。”泉水冲击在高高的石头上，发出幽咽的声音，以声衬静，更显得深山空寂。日光照在青松上觉着清冷，更显得松林苍翠。尾联以薄暮时分隐僻而宁静的空潭比喻心地空明，因潭水而想到龙，以毒龙比喻人的欲念。安禅于空潭之曲，以慧力制伏心中的毒龙，意即寺之幽寂，恰可安禅。山水与禅趣的交融，是王维山水诗的重要特征，如《终南别业》：

中岁颇好道，晚家南山**陲**。兴来每独往，胜事空自**知**。
行到水穷处，坐看云起**时**。偶然值林叟，谈笑无还**期**。

终南别业是王维“中隐”于终南山的居所。自中年就有好道之心，至晚年才隐居南山边，实现夙愿。隐居生活，畅适随性，独来独往，不受束缚，那份惬意也只有自己能体会得到。颈联写景中隐含着哲理：若心无挂碍，则在看似穷尽之处，会有一番新的景象。黄庭坚称赞王维有泉石膏肓之疾。的确，若非胸次澄澈，是见不到这一层的。王维的许多山水诗中，诗人完全消泯自己的主体性存在，作为自然的一部分，与自然相亲近，相对话。如《鹿柴》：

空山不见人，但闻人语**响**。
返景入深林，复照青苔**上**。

远处传来人语“响”，人语成了自然的一部分，更显出山之空静。夕阳的余辉透过深林，映照在青苔上，一幅很有层次感的画面。这样的诗歌，古人评曰：“无言而有画意。”再看王维的《竹里馆》：

独坐幽篁里，弹琴复长**啸**。
深林人不知，明月来相**照**。

明月似乎亦解人意，偏来照独坐之人。一时清兴，适与景会，故说人与明月“相照”。

山水悟道，山水诗不可显得过于质实，如果直接讲一番道

（明）黄凤池辑《唐诗画谱》（局部）

画家根据王维《竹里馆》诗意所绘，对月鸣琴，似与天地精神相往来。

（北宋）郭忠恕绘《临王维辋川图》之“鹿柴”与“竹里馆”

王维是丹青妙手，可惜画作真迹不存，但从郭忠恕的临摹画作中可感知原作风神韵致。辋川别业是王维隐居地，《鹿柴》《竹里馆》即依景而作之诗。

竹里館

理，就是“漆园之义疏”，或韵语《道德经》了。且看王维的《酬张少府》：

> 晚年唯好静，万事不关**心**。自顾无长策，空知返旧**林**。
> 松风吹解带，山月照弹**琴**。君问穷通理，渔歌入浦**深**。

天宝后期，唐玄宗宠爱杨贵妃，荒废朝政，王维对此有所不满，闲居辋川。张少府对王维晚年的退守或许不太理解，写信过问，王维作此诗酬答。颈联抒写不问世事，返回旧林后的闲适和惬意。末句对于张少府“穷通理”的疑问，以“渔歌入浦深”之不答答之，最为灵妙。如果照直回答，不免落入实相。再看刘长卿《寻南溪常山道人隐居》：

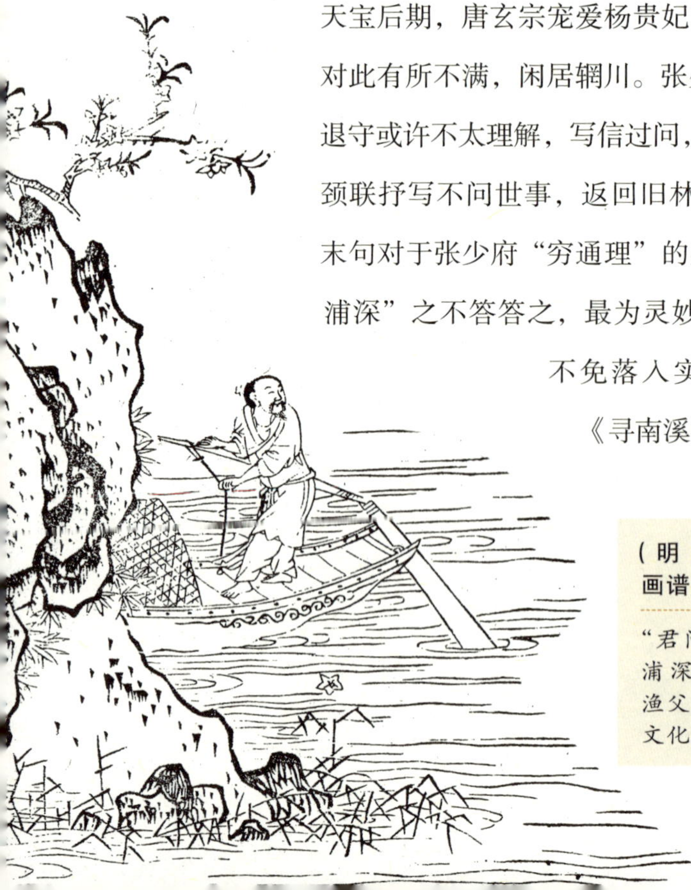

（明）黄凤池辑《唐诗画谱》（局部）

“君问穷通理，渔歌入浦深”，中国文化里，渔父是蕴含特定意义的文化意象。

一路经行处，莓苔见屐**痕**。白云依静渚，芳草闭闲**门**。
过雨看松色，随山到水**源**。溪花与禅意，相对亦忘**言**。

天宝年间，刘长卿居家嵩阳（今河南登封），附近颍水上游有南溪。刘长卿去寻访道人，道人所居之地，世人不到，非常幽静。刘长卿可能也没有寻着，诗歌只写他一路所见之白云、静渚、春草、山松和水源。风景之清幽雅致，令人想象道人也超拔不俗。尾联写对着溪花而悟出禅意。但禅意是什么，并没有直说，就像陶渊明《饮酒》所谓“此中有真意，欲辩已忘言”。俞陛云《诗境浅说》云：“花与禅本不相涉，而连合言之，便有妙悟。”佛教不仅有“拈花微笑”的故事，佛经还说：“青青翠竹，尽是真如；郁郁黄花，无非般若。”其中禅意，可自己去领悟，不须言说。

有些山水诗是诗人敏锐的心灵与外物一瞬间的契合相感，情往似赠，兴来如答，成为诗人兴之所至、寓目辄书的印迹。

郁达夫有一句诗：“江山也要文人捧，堤柳而今尚姓苏。”杭州西湖如此，天下一切清景无不如此。没有人去驻足欣赏，山水风景可以说是不存在的；只有诗人去领略其风采，品鉴其意趣，形诸笔墨，山水才有其精神，显其灵气，进入文化，得以永恒。

4. 烽火闺情

中华民族是热爱和平的民族，也是团结御侮、自强不息的民族。中国是个多民族的国家，在这片土地上，不同的民族、不同的文化相互冲突，也不断地相互渗透和融合，汇合而成现在这多民族的大家庭。战争与和平是人类生活的重要内容，吟咏战争、期盼和平也是自《诗》《骚》以来的诗歌传统。《诗经》就多有叙写战争的诗篇，且战争往往伴随着闺情。如《诗经·小雅·出车》前面写出军北伐："出车彭彭，旂旐央央。天子命我，城彼朔方。"后面接着写："未见君子，忧心忡忡。既见君子，我心则降。"出征在外的丈夫让闺中妇女多么担心啊！汉乐府也多写战争，如"战城南，死郭北，野死不葬乌可食"（《战城南》），战争吞噬生命，非常惨烈。曹植"捐躯赴国难，视死忽如归"（《白马篇》），洋溢着英雄主义精神。六朝时期虽然战事频仍，但真正写战争的诗歌是不多的。宋代战争诗，没有唐人昂扬的气势，多议论说理，叙事纪实。宋元易代、明清鼎革，产生了许多战争诗，抒写激越的民族情感。特别是晚清时期，面对西方列强的入侵，战争诗又一度高涨，如张维屏的歌行体《三元里》，歌颂鸦片战争时期广东三元里人民反抗外来侵略的战斗精神和爱国热情，斥责投降派纳币求和的软弱无能。爱国主义与斗争精神在中国诗歌史上一以贯之。

大唐王朝是中国历史上颇为强盛的一个时期。强盛的国势，为边塞诗的昂扬奋迅构筑了政治基础；朝廷重视人才，除科举入仕外，开拓了习武从戎、入幕等多种晋升途径，激发了士人的政治热情，边塞生活也成为文士的向往。初盛唐时期的诗人，或游历边疆塞漠，或入幕从戎，多少有过一些边塞生活的经验，边塞征戍也成为他们诗歌的重要内容。

试看盛唐祖咏的《望蓟门》：

燕台一望客心**惊**，箫鼓喧喧汉将**营**。
万里寒光生积雪，三边曙色动危**旌**。
沙场烽火连胡月，海畔云山拥蓟**城**。
少小虽非投笔吏，论功还欲请长**缨**。

蓟门在今北京德胜门外。唐朝前期东北方向是主要战场，打了多次胜仗。这首诗描写蓟门关外壮阔雄奇的沙场景象，天寒地冻，旌旗高矗，箫鼓喧天，烽火相连。战场给有志青年提供了建功立业的机会，因此有末二句抒写豪迈的情怀。“投笔吏”用东汉班超的故事；“请长缨”用西汉政治家终军的故事，意思近于杨炯《从军行》“宁为百夫长，胜作一书生”，显示了初盛唐的尚武观念和昂扬的精神风貌，这是大唐气象的一个表征。

大唐疆域开阔，国运昌盛，边疆风光拓展了读书人的眼界和胸襟，边塞烽火丰富了唐诗的生活内容。即使像王维这样看似逃禅超脱的人，也有过“孰知不向边庭苦，纵死犹闻侠骨香”(《少年行》)的豪爽。他上任监察御史，奔赴边疆，途中写出“大漠孤烟直，长河落日圆”(《使至塞上》)的壮丽诗篇。王维还有一首长篇歌行《老将行》，塑造出一位壮心不已、以身许国的疆场老英雄的形象，是王维理想的化身。

玄宗开元、天宝前期，大唐国势处于上升期，边塞诗歌多英雄浪漫主义的昂扬格调。唐朝名将封常清在朝中为御史大夫，赴边任北庭都护、伊西节度使，奏调岑参任安西、北庭判官。岑参作为封常清的下属，辅理政事。天宝十三载（754），封常清两次率军西征播仙（在今新疆且末县西南），岑参没有随军，在后方作《走马川行奉送封大夫出师西征》诗送行：

君不见走马川行雪海**边**，平沙莽莽黄入**天**。
轮台九月风夜**吼**，一川碎石大如**斗**，随风满地石乱**走**。
匈奴草黄马正**肥**，金山西见烟尘**飞**，汉家大将西出**师**。
将军金甲夜不**脱**，半夜军行戈相**拨**，风头如刀面如**割**。
马毛带雪汗气**蒸**，五花连钱旋作**冰**，幕中草檄砚水**凝**。
虏骑闻之应胆**慑**，料知短兵不敢**接**，车师西门伫献**捷**。

全诗句句用韵，三句一转韵，平仄交替，形成激昂舒畅而顿挫有力的节奏美。开首数句，描写黄沙漫天、雪海连天、狂风吹石的雄奇边地风光，为封大夫的出师应敌渲染气氛。接下来数句着力描写在严寒的冰雪之夜率军出征，突显封大夫不畏艰险的英雄气概。最后三句是祝词，敌人闻风丧胆，不敢短兵相接，留营的将士伫立西门恭候封大夫凯旋。正如汉末王粲所言："从军有苦乐，但问所从谁。"岑参作为封大夫的辅佐，洋溢着乐观主义精神，即使是"北风卷地白草折，胡天八月即飞雪”，在乐观的他看来，也是“忽如一夜春风来，千树万树梨花开”。

但是，唐玄宗被短暂的盛世繁荣冲昏了头脑，好大喜功，穷兵黩武，为了开拓边境，曾发起一些扩张性的战争，给人民的安定生活造成严重的破坏。于是一些诗人思考战争究竟有何意义，悲叹战争破坏和平，践踏生命，诗歌中的英雄主义精神黯淡下去了。我们来看盛唐诗人王翰、王之涣、王昌龄的几首边塞诗。王翰《凉州词》：

葡萄美酒夜光**杯**，欲饮琵琶马上**催**。
醉卧沙场君莫笑，古来征战几人**回**！

是苦中作乐的无奈？是借酒消愁的悲伤？还是等闲生死的豁达？读者可有不同的理解。最后一句的感慨，是视死如归的豪迈，还是难逃运数的悲哀，也有不同的读法。我觉得后一种理解更为贴切。王之涣《出塞》：

黄河远上白云**间**，一片孤城万仞**山**。

羌笛何须怨杨柳，春风不度玉门关。

这首乐府体绝句，一般题作《凉州词》。首句是远眺之景；次句写在万仞高山上，矗立着玉门关这座孤城。第三句的“杨柳”，双关语，既指杨柳树，也指笛曲《折杨柳》。一层意思是守关的将士不必吹羌笛《折杨柳》以抒发哀怨，另一层意思是守关的将士不必埋怨杨柳迟迟不吐绿芽。第四句字面意思是玉门关在高山之上，是春风不到之处，隐含的意思是“恩泽不及于边塞，所谓君门远于万里也”（杨慎《升庵诗话》）。王昌龄《塞下曲》：

饮马渡秋水，水寒风似刀。平沙日未没，黯黯见临洮。
昔日长城战，咸言意气高。黄尘足今古，白骨乱蓬蒿。

临洮，在甘肃定西一带。“水寒”句写边地的艰苦环境，“昔日”二句写战士意气高涨，“黄尘”二句陡然一转，这边地自古至今都是黄沙漫天，片片白骨散乱在野草间，言外之意，昔日的“意气高”又有何意义呢？其意与汉末陈琳《饮马长城窟行》“君独不见长城下，死人骸骨相撑拄”相近，是反战的主题。

这些乐府诗尚属浮泛之笔，泛泛地表达尚武、非战等主题，与具体的现实还保持着距离，更没有写到真实的战争。到了杜甫笔下，战争书写的写实性大为增强。唐玄宗在开元、天宝年间曾数度大规模地对外用兵，与吐蕃、南诏都发生过几次大规模的冲突。当时实行府兵制，取兵于民，因此抓壮丁的场景随处可见。杜甫《兵车行》：

车辚辚，马萧**萧**，行人弓箭各在**腰**。耶娘妻子走相送，尘埃不见咸阳**桥**。牵衣顿足拦道哭，哭声直上干云**霄**。道傍过者问行**人**，行人但云点行**频**。或从十五北防河，便至四十西营**田**。去时里正与裹头，归来头白还戍**边**。边庭流血成海**水**，武皇开边意未**已**。君不闻，汉家山东二百州，千村万落生荆**杞**。纵有健妇把锄**犁**，禾生陇亩无东**西**。况复秦兵耐苦战，被驱不异犬与**鸡**。长者虽有**问**，役夫敢申**恨**？且如今年冬，未休关西**卒**。县官急索租，租税从何**出**？信知生男恶，反是生女**好**。生女犹得嫁比邻，生男埋没随百**草**。君不见，青海**头**，古来白骨无人**收**。新鬼烦冤旧鬼哭，天阴雨湿声啾**啾**！

开篇就展现了车马杂沓、哭声震天的征兵场景。然后通过问答，从“行人”口中叙述“点行（háng）频”的人间惨剧。朝廷为了开拓疆土，频繁征兵，老百姓从小到老一辈子都在守边、屯田、打仗，像鸡犬一样被勇猛的秦兵驱逐。中原广大地区一片荒芜，没剩几家了。百姓怨声载道，宁愿生女孩也不愿意生男孩被迫去当兵。最后几句写边疆白骨露野，在绵绵阴雨中传来冤鬼夜哭，惨状瘆人。《兵车行》是杜甫的一首“非战”诗，对战争破坏安定、葬送生命、制造苦难给予谴责。

杜甫反对无节制地开疆拓土而发动的不义战争，对于保家卫国、平定叛乱的正义之战是支持的。他后半生在安史之乱的兵燹（xiǎn）中度过，不仅目睹战乱给百姓安定生活造成的严重破坏，而且自己就过着“足茧荒山转愁疾”的漂泊生活，因此诗中灌注着强烈的家国情怀，把个人与百姓、与国家紧密联系起来，蒿目时艰，把笔触伸向惨烈的现实，写战乱中的一幕幕悲剧，控诉叛乱的罪恶，热盼胜利早日到来。安禄山军队攻入长安城时，杜甫没能逃出来，目睹叛军烧杀抢掠，都城一片混乱。他哀歌眼前的凄惨，写下多首诗篇，《哀江头》曰：

少陵野老吞声**哭**，春日潜行曲江**曲**。

江头宫殿锁千门，细柳新蒲为谁**绿**？
忆昔霓旌下南苑，苑中万物生颜**色**。
昭阳殿里第一人，同辇随君侍君**侧**。
辇前才人带弓箭，白马嚼啮黄金**勒**。
翻身向天仰射云，一笑正坠双飞**翼**。
明眸皓齿今何在？血污游魂归不**得**。
清渭东流剑阁深，去住彼此无消**息**。
人生有情泪沾**臆**，江水江花岂终**极**！
黄昏胡骑尘满城，欲往城南望城**北**。

这曲江就是“三月三日天气新，长安水边多丽人”（《丽人行》）的那条曲江。同样是春天，宫殿紧锁，繁华不再，细柳新蒲孤寂地吐出新绿。少陵野老是杜甫自称，他偷偷地跑到曲江边“吞声”哭，在叛军的眼皮底下，是不敢大声地嚎啕的。一个“忆”字领起下文八句，当年杨贵妃受到皇帝的多少娇宠啊！然后陡然一转，转向惨烈的现实：贵妃被赐死。本是“三千宠爱在一身”，今日却“血污游魂归不得”。本想生生世世恩爱到底的一对儿，却一个命丧渭水南岸的马嵬坡，一个独自走向蜀地的剑阁，彼此无消息。这乐极而悲的生死之变，是多么令人震惊心痛啊！怎能让人不为之落泪？这种悲伤就像江之水、江上花一样没有穷尽。黄昏时分，长安城满是胡骑，尘土飞扬，诗人心情惶惑，茫然无主，都辨不清方向了。

安史之乱中的杜甫，每饭不忘忧国，与国家同喜同悲，深切地关怀百姓的悲苦，体现出民胞物与、伟大无私的仁厚情怀。他这时期诗歌的主题思想和社会意义得到了升华。杜甫《春望》：

国破山河在，城春草木**深**。感时花溅泪，恨别鸟惊**心**。
烽火连三月，家书抵万**金**。白头搔更短，浑欲不胜**簪**。

唐肃宗至德二载（757）三月，长安城被安禄山乱军攻陷已十个月，杜甫被困其中，春日远望。国都虽沦陷，但大唐山河依旧存在；可惜长安城啊，人烟稀少，草木芜秽。“感时”句谓，感慨时事，看到花开，更加伤心，泪水溅到花上；也可以理解为，连春日之花也感慨时事，洒下泪水。“恨别”句谓，与家人长久分离，听到鸟鸣也觉得心惊；也可以看作拟人化，鸟也因遗憾离别而惊心。整个春季三个月都在打仗，在战火纷飞的时节，杜甫的家人在鄜州，一封报平安的家书比什么都珍贵。在家国忧患中煎熬的诗人，白发一根根落下，稀疏得简直插不上簪了。这是杜甫的代表作之一，其中的家国情怀熏陶着一代代中华儿女。

安史之乱被平定后，杜甫依然没能够回乡，因为广德元年（763）十月，吐蕃陷长安，朝廷又面临危机。次年春天，杜甫在成都作《登楼》：

花近高楼伤客**心**，万方多难此登**临**。
锦江春色来天地，玉垒浮云变古**今**。
北极朝廷终不改，西山寇盗莫相**侵**。
可怜后主还祠庙，日暮聊为《梁甫**吟**》。

在万方多难的春天，诗人登楼远眺，虽然所见是无边的春色，诗人却毫无兴致，倒是兴起了伤时悯乱之怀。当时吐蕃军队进入长安城，立广武王李承宏为帝，代宗起用郭子仪击败吐蕃，收复长安，所以说“北极朝廷终不改”。“西山”句是警告成都附近的吐蕃军队莫要侵扰，事实上当时剑南、西山诸州已被吐蕃攻陷了。尾联寄予深沉的感叹：可叹啊，庸愚的蜀汉后主因为有诸葛武侯的辅佐，至今还有祠庙；而我们这个乱世，哪里有像诸葛亮这样的贤相能臣呢？自己虽然有志用世，无奈漂泊西南，只能在暮色中聊诵《梁甫吟》以寄慨而已。

晚年的杜甫像一只沙鸥一样，天地虽大，无有归所。他在成都的靠山严武去世了，眼看成都又要乱起来，于是买舟东下，先到夔州，后继续顺江而下，大历三年（768）冬抵达湖南岳阳，写下《登岳阳楼》：

昔闻洞庭水，今上岳阳**楼**。吴楚东南坼，乾坤日夜**浮**。
亲朋无一字，老病有孤**舟**。戎马关山北，凭轩涕泗**流**。

三四句写登上岳阳楼所见之苍茫宏阔景象，洞庭湖好像把吴楚两地坼裂开来，湖水浩渺，似乎天地都日日夜夜在湖面上浮动，与孟浩然“气蒸云梦泽，波撼岳阳城”同为描写洞庭湖的名句。五六句转写自己的衰病孤独，亲朋远隔，连书信都没有，唯有孤舟作伴。尾联拓开去，长安西北，吐蕃侵扰，战事不断，凭轩远眺，涕泗纵横，由自怜转到忧时，诗歌主题得到升华。

安史之乱后，唐王朝元气大伤，内忧外患接连不断，特别是藩镇割据，使统一的唐王朝名存实亡，唐人的精神风貌发生很大的变化，转向内敛、退守和静默。边塞诗歌的主题多转向写思乡怨望之情，格调低沉。李益《夜上受降城闻笛》：

回乐峰前沙似雪，受降城外月如**霜**。
不知何处吹芦管，一夜征人尽望**乡**。

“回乐峰”“受降城”，对偶贴切自然。首二句写静谧空寂的边地月夜景象。在这样素净的背景下，芦管悠悠响起，引起征人的思乡之情。情景交融，余韵不尽，后被谱成曲，传唱一时。诗歌有很强的画面感，后来还有人取诗意入画。

唐朝接连不断的战争造成千千万万家庭的别离，相应地出现了大量抒写闺阁相思的诗篇。边塞侠骨和闺阁柔肠，一刚一柔，遥相呼应，构成了特殊的唐诗景观。沈佺期《独不见》：

卢家少妇郁金**堂**，海燕双栖玳瑁**梁**。

九月寒砧催木叶，十年征戍忆辽**阳**。
白狼河北音书断，丹凤城南秋夜**长**。
谁谓含愁独不见，更教明月照流**黄**！

《独不见》是乐府杂曲歌名。这既是一首乐府诗，也符合七律的格律。既有格律诗的整饬，也有乐府歌行的流畅婉转。“卢家少妇”，用梁武帝诗意，指贵族人家的少妇。堂壁涂以郁金香，朱梁画栋，确非普通人家妇女。“海燕双栖”，起兴，反衬夫妇难相厮守。颔联写深秋时节，准备寒衣寄给在外征戍十年的丈夫，可惜音书不通，少妇在秋夜难以入睡。尾联意是谁使她含愁而不能相见，却还要教明月照着床帏呢？诗歌抒写“卢家少妇”的闺思和怨情，思的是丈夫十年征戍不归，音信皆无；怨的是容颜空老，青春不在。李白《关山月》：

明月出天**山**，苍茫云海**间**。长风几万里，吹度玉门**关**。
汉下白登道，胡窥青海**湾**。由来征战地，不见有人**还**。
戍客望边邑，思归多苦**颜**。高楼当此夜，叹息未应**闲**。

《关山月》是乐府古题，以伤离别为主题。李白诗歌多纵横飘逸，大开大合。首四句，明月生于天山之外，出没于苍茫的云海之间，长风吹月光几万里度过玉门关，想象奇幻，气势磅礴。在这样的宏阔背景下，点出白登道和青海湾，二者自古以来就是胡汉相争之地。“由来”二句是“古来征战几人回”意，千古同叹，逼出后四句，戍客思归，闺妇叹息。“高楼”二句是戍客的想象之词，这也是从对面着笔。全诗气象雄浑苍茫，情韵深切绵长，境界深邃悠远。

以战争为题材，反映战争及其对家庭的破坏是唐诗的重要主题。为什么有那么多诗人吟咏侠骨和柔肠呢？这与唐代的府兵制有关。府兵制不同于募兵制的职业兵，而是取兵于农，平时耕作，战争时自备衣粮上前线。仇兆鳌笺释杜甫《无家别》时解释得很明白：

唐人作诗，多言遣戍从军之苦，而宋元以下无闻焉。盖唐用府兵，兵即取之于民，故有别离室家、远罹锋镝，及亲朋送行、历历悲惨之情。宋明之师，或用召募，或用屯军，出征临战，皆其身所习熟，而分（fèn）所当为者，故诗人亦不复为哀苦之吟矣。

5. 佳偶姝丽

男女爱慕是人类美好的感情，爱情是文学的永恒主题。历代民歌咏唱的重要内容之一是男女的悦慕爱恋之情，历代文人诗歌也多咏叹爱情。两情相悦的喜乐，刻骨铭心的相思，爱而不能的迷惘，是弥漫在诗歌里的基本情调。《周礼·地官·媒氏》："仲春之月，令会男女。于是时也，奔者不禁。"男大当婚，女大当嫁，天经地义，因此民歌中多自由奔放的爱情诗。如《诗经·召南·野有死麕》写的就是男女的自由恋爱。《诗经·鄘风·柏舟》发出"之死矢靡它"的誓言和"母也天只，不谅人只"的怨愤。后代文人咏叹爱情一般是委婉含蓄的，以理正情，显得较为矜持，甚至借爱情以隐喻政治问题。到了明代后期，歌咏热烈大方的爱情的民歌再次受到重视，如《劈破玉》："要分离，除非天做了地；要分离，除非东做了西；要分离，除非官做了吏。你要分时分不得我，我要离时离不得你；就死在黄泉也，做不得分离鬼。"可与汉乐府民歌《上邪》的"发誓体"相媲美。这些民歌得到冯梦龙等文人的喜爱，自由活泼的生命精神对文人创作也有濡染作用。徐渭作七律《节妇篇》："缟衣綦履誉乡邻，六十年来老此身。庭畔霜枝徒有夜，镜中云鬓久无春。每因顾影啼成雨，翻为旌门切作颦。百岁双飞元所志，不求国难表忠臣。"代节妇抒泄冲破封建礼教、追求个人幸福的渴望。清人在程朱理学的制约下，对热烈奔放的爱情诗多有抑制。但人性是压抑不了的。袁枚七绝《马嵬》曰："莫唱当年长恨歌，人间亦自有银河。石壕村里夫妻别，泪比长生殿上多。"咏叹普通百姓的真挚爱情，可谓开了现代爱情诗的先河。

唐朝是性格外放、情感外扬的时代，爱情诗绽放得尤其鲜艳。

"执子之手，与子偕老"（《诗经·邶风·击鼓》），夫妻长相厮守，白头到老，是人间的美好愿望。但事实上，人事多暌离，有情人不能长相守，是人间的常事。男人行役、士子赶考、京官外任，等等，都会造成同心而离居，令人忧伤以终老，因此夫妻离别的悲怨多形诸诗人笔下。张九龄《望月怀远》：

海上生明月，天涯共此**时**。情人怨遥夜，竟夕起相**思**。
灭烛怜光满，披衣觉露**滋**。不堪盈手赠，还寝梦佳**期**。

这是一首望月念内的爱情诗，思念远在家乡的妻子，或许是张九龄被贬为荆州长史时所作。首二句从谢庄《月赋》“隔千里兮共明月”化出，虽然两人各在天一涯，但共同望着明月，思念对方。颔联写有情人哀怨夜的漫长，整晚在相思中煎熬睡不着。颈联应理解为“怜光满而灭烛，觉露滋而披衣”，由室内转向室外，因为爱怜满轮皎月而熄灭银烛，忽觉露重气寒才披上衣服。尾联又回到室内，陆机《拟明月何皎皎》曰“照之有余辉，揽之不盈手”，作者化用其意说，这皎洁的月华不能捧手相赠，还是回去睡吧，在梦中有美好的相会呢。情景融为一片，雅洁而温丽，是盛唐五律的典型。

上面说的是“生离”，生别终有相会的一日，最悲惨的是患难夫妻的“死别”。若遭遇这样的人生悲剧，则非长歌何以骋其情？《诗经·唐风·葛生》就已发出“予美亡此，谁与独处”的凄惨呼号，后至西晋时潘岳作过悼念亡妻杨氏的诗文，赢得赞誉。唐代悼亡诗以元稹称首。元稹的原配妻子叫韦丛，出身高门，是太子少保韦夏卿的幼女。元稹出身卑贱，入秘书省任校书郎后，才能与高门联姻。婚后二人感情甚笃，不久元稹登“才识兼茂明于体用”科及第，名列第一，授左拾遗，职位为从八品，又被提拔为监察御史，生活有所好转。没料到妻子盛年而逝，两人结婚只七八年呢。元稹悲痛欲绝，写下了著名的《遣悲怀》三首悼亡诗，这里看第一首：

谢公最小偏怜女，自嫁黔娄百事**乖**。
顾我无衣搜荩箧，泥他沽酒拔金**钗**。
野蔬充膳甘长藿，落叶添薪仰古**槐**。
今日俸钱过十万，与君营奠复营**斋**。

首句为了平仄谐调而颠倒文字，自然语序应是“谢公偏怜最小女”。东晋谢安最喜欢有才的侄女谢道韫，这里以谢道韫比拟其妻韦丛，出自高门，在娘家也是掌上明珠，可惜自嫁给我这个穷小子之后，百事不顺。“黔娄”，古代的贫士，这里元稹自指。颔联写自己家里穷，翻箱倒柜为我找不出件像样的衣服，软缠她当了金钗来买酒。颈联进一步写穷，妻子甘于贫穷，野菜豆叶都吃得美滋滋的；没有柴烧火，只能靠园中古槐的落叶。最后二句转笔，现在日子好了，俸禄多了，没想到妻子却不能共享富贵，先我而去，我只能备些祭奠之礼超度亡灵了。如泣如诉，字字真情，声泪俱下，是发自肺腑的凄怆之言，被后人誉为悼亡之绝唱。

民间青年男女的倾慕爱悦往往是热情奔放的，民歌中的男女恋情也是率真大胆的。文人模仿民歌，也能写出民歌情调来。崔颢有几首《长干行》，其中两首可算是一见钟情的俩船家儿女的对话：

其一

君家何处住，妾住在横**塘**。
停船暂借问，或恐是同**乡**。

其二

家临九江水，来去九江**侧**。
同是长干人，自小不相**识**。

第一首写陌生女子不仅主动搭讪男子，而且自报家门，还请对方停下船，问一问是否同乡。这样大胆真率地表白爱悦之情，在士人文学中真难得一见。第二首是男子的答词。横塘与长干都在南京附近，两人果真是同乡。但常年在九江边来回走，自小不相识。回答得朴实，正是弄船儿的口吻。

李白笔下有两小无猜、天真烂漫的情侣，也有独守空闺的怨妇和倾国倾城的贵妇人，《长干行》曰：

妾发初覆**额**，折花门前**剧**。郎骑竹马**来**，绕床弄青**梅**。
同居长干里，两小无嫌**猜**。十四为君妇，羞颜未尝**开**。
低头向暗壁，千唤不一**回**。十五始展眉，愿同尘与**灰**。
常存抱柱信，岂上望夫**台**。十六君远行，瞿塘滟滪**堆**。
五月不可触，猿声天上**哀**。门前迟行迹，一一生绿**苔**。
苔深不能**扫**，落叶秋风**早**。八月蝴蝶来，双飞西园**草**。
感此伤妾心，坐愁红颜**老**。早晚下三**巴**，预将书报**家**。
相迎不道远，直至长风**沙**。

“长干行”，是乐府旧题，内容多写船家妇女的生活。“长干”，长干里，在南京秦淮河附近。李白这首诗以“妾”的口吻，先回忆往事，与丈夫自小就是青梅竹马，两小无猜。十四岁嫁过来，娇媚羞涩，本指望能长相厮守，没料到不久丈夫就出门远行，而且是去了风波险恶的三峡，留下孤独的少妇，在秋风落叶中看着蝴蝶比翼双飞，睹物增悲，感伤红颜空老。最后四句，笔锋一转，期盼丈夫早日归来，回家前捎个信儿，妾不嫌路远难走，一定要跑到长风沙（安庆的长江边）去迎接。昔之甜蜜回忆，今之自怜自惜，对未来之美好期待，娓娓道来，一丝不乱。叙事与抒情相结合，并点缀以写景，恰似女子寄给在外丈夫的家信，柔情蜜意，真纯健康，清丽明朗，这是民歌的主色调。

据唐人李濬《松窗杂录》记载，开元中，皇宫中珍视牡丹，得四本红、紫、浅红、通白者。玄宗把牡丹花移植于兴庆池东边沉香亭前。到牡丹花盛开时，玄宗乘坐照夜白，太真妃坐轿子一同去赏花。皇帝诏选梨园弟子中最出色的李龟年唱一曲，让翰林供奉李白作词。李白宿酒未醒，当场作了《清平调》词三章：

其一

云想衣裳花想**容**，春风拂槛露华**浓**。

若非群玉山头见，会向瑶台月下**逢**。

其二

一枝红艳露凝**香**，云雨巫山枉断**肠**。

借问汉宫谁得似？可怜飞燕倚新**妆**。

[日本]狩野山雪绘《长恨歌图》卷上(局部)

唐人甚爱牡丹，唐玄宗与杨贵妃夜间赏花，李白作《清平调》以记，花如人来人如花。

其三

名花倾国两相**欢**，长得君王带笑**看**。

解释春风无限恨，沉香亭北倚阑**干**。

这三首都是咏牡丹花，实为赞美杨贵妃。第一首起句的“想”，可理解为想慕、羡慕，谓云彩也羡慕杨贵妃的衣裳，牡丹花也羡慕杨贵妃的容貌。次句也是把杨贵妃比作春风吹拂下带露的牡丹，浓艳美丽。群玉山，传说是西王母居住的地方，瑶台是仙人所居。二句赞美杨贵妃貌若天仙，非凡俗之人。第二首花与人一笔双写。第一句写红艳的牡丹承接雨露，暗喻杨贵妃之受宠幸；第二句说楚王巫山神女故事毕竟虚幻，徒增惆怅，不如杨贵妃得宠之实际。三四句用汉宫中赵飞燕倚新妆比喻牡丹花之艳丽，比拟杨贵妃之受娇宠。第三首写牡丹名花和杨贵妃倾国之姿，相互衬托，得到君王长久的欣赏和喜爱。倚靠沉香亭北的阑干，春风吹散了无限的怅恨。

这三首诗既是咏花也是咏美人，都是颂词，没有讽刺的意思。李龟年当时给诗谱曲歌唱，杨贵妃手持玻璃七宝杯，喝着西凉州的葡萄酒，笑着欣赏。李白可谓是出尽了风头。没想到高力士因为李白曾醉酒后让他脱靴羞辱他，就在杨贵妃面前进谗言："以飞燕指妃子，贱之甚矣。"杨贵妃就不高兴了，一直阻挠李白升迁。这算是因诗得祸的一个例子。

杜甫《佳人》叙写一位无辜而被抛弃的佳人的命运，在读者心中留下深刻的印象：

绝代有佳人，幽居在空**谷**。自云良家子，零落依草**木**。
关中昔丧乱，兄弟遭杀**戮**。官高何足论，不得收骨**肉**。
世情恶衰歇，万事随转**烛**。夫婿轻薄儿，新人美如**玉**。
合婚尚知时，鸳鸯不独**宿**。但见新人笑，那闻旧人**哭**。
在山泉水清，出山泉水**浊**。侍婢卖珠回，牵萝补茅**屋**。
摘花不插发，采柏动盈**掬**。天寒翠袖薄，日暮倚修**竹**。

佳人是一位弃妇。老杜笔墨灵变，先用"绝代""幽居""良家子"重笔渲染造势，随后"零落依草木"陡然急转，用笔顿挫。为什么零落？原来遭遇乱世，娘家遇着了变故。若平平铺叙，则显得过于僵直庸凡，故而"官高"二句，以议论一顿。佳人真是祸不单行，娘家兄弟刚刚物故，轻薄丈夫就变心了。

（清）马涛绘《诗中画》（局部）

杜甫《佳人》中“天寒翠袖薄，日暮倚修竹”的佳人形象。

“鸳鸯”句是比兴，在叙事中插入比兴，往往能起到疏宕文气的作用，避免行文过于平直匆忙。“哭”和“笑”相对照，增强了弃妇悲惨命运的沉重感。第三段又轻轻宕开，出以比兴。“在山泉水清”二句，或以为“佳人怨其夫之辞”，或谓佳人以山泉比守洁不污。“似喻非喻，最是乐府妙境。”（黄生《杜诗说》卷一）卖珠补茅屋，可见屋之破陋；摘花不插发，可见容貌之憔悴。“天寒”和“日暮”，写景，气氛凄清；“采柏”和“倚修竹”，简笔勾勒，以柏与竹映衬佳人贞心不改，正直拔俗，嫣然有韵。这首诗本是赞美佳人幽闲贞静的意态，却毫无道学气，叙事、写景、议论相结合，参以比兴，气局紧而舒，造意刻而缓。关于杜甫作此诗的用意，黄生说："偶然有此人，有此事，适切放臣之感，故作此诗。"意即托弃妇以自比逐臣。仇兆鳌说："天宝乱后，当是实有是人，故形容曲尽其情。"（《杜诗详注》卷七）意思是可能有现实人物原型的触发。

唐代诗人笔下的女性，以两类较多，一是青楼女子，二是宫廷女子。杜牧于大和七年（833）应淮南节度使牛僧孺之聘，赴扬州任幕府推官。扬州是唐代经济最为繁华的都市。在声色歌舞中，杜牧这位贵公子把握不住自己，放荡不羁，沉醉于醇酒，与美人厮混。两年后离开扬州回长安时，作《赠别》二首：

其一

娉娉袅袅十三**余**，豆蔻梢头二月**初**。

春风十里扬州路，卷上珠帘总不**如**。

其二

多情却似总无**情**，唯觉樽前笑不**成**。

蜡烛有心还惜别，替人垂泪到天**明**。

以豆蔻年华指称少女，就出自这里。一个十三四岁的妙龄女孩儿柔媚娇美，方圆十里扬州城春风骀荡，珠帘卷起处看到的女子都不如她。第二首的场景是离别前的筵席，两人依依不舍，但又无法公开表达，没有心情言笑，看似无情。后二句巧妙地转笔写筵席上的蜡烛都不忍心分别，为离别的人流泪到天亮，更何况有情人呢！有情人之看似无情，实则多情；蜡烛无情，垂泪则似有情。比拟映衬，构思巧妙而新颖。

杜牧在扬州时的风流韵事，牛僧孺都是知道的。杜牧离开扬州时，牛僧孺好心告诫他检点行为，杜牧既惭愧又感激。多年后杜牧作《遣怀》对当年的轻薄行径表示后悔：

落魄江湖载酒**行**，楚腰纤细掌中**轻**。
十年一觉扬州梦，赢得青楼薄幸**名**。

“落魄”，潦倒失意。杜牧在扬州做幕府约四年时间，加上在宣州做官，不到十年。这近十年入幕生涯并不惬意，于是寄情于青楼歌妓。后来才猛然醒悟，如此蹉跎岁月只赢得“薄幸”之名而已。诗中有感慨，有牢骚，更多的是追悔。

杜牧这几首绝句其实格调不高，主题也没有深刻之处。他的《秋夕》却写得素净雅致：

银烛秋光冷画**屏**，轻罗小扇扑流**萤**。
天阶夜色凉如水，卧看牵牛织女**星**。

孙洙评曰："层层布景，是一幅着色人物画。只'坐看'二字，逗出情思，便通身灵动。"牵牛织女在七夕之夜能会面，诗中的宫女却只能呆呆地坐看。"天阶"，宫殿的台阶。"卧看"，少数选本作"坐看"，《唐诗三百首》的正文和评语文字就不一致。杜牧的《泊秦淮》透过热闹场的表面看到大唐运势的衰败，显得见识不凡，是七绝的上品：

烟笼寒水月笼**沙**，夜泊秦淮近酒**家**。
商女不知亡国恨，隔江犹唱《后庭**花**》。

秦淮河灯红酒绿，是金陵的销金窟。在水月朦胧的夜晚，扬州的歌女在秦淮商人船中唱着陈后主的《玉树后庭花》。这时离大唐之灭亡还有六七十年呢，但歌女所唱，已呈现出衰败气象。

李商隐有些诗篇以神话中的女性为吟咏对象。神仙的生活是孤寂的，不值得向往。李商隐《嫦娥》：

云母屏风烛影**深**，长河渐落晓星**沉**。
嫦娥应悔偷灵药，碧海青天夜夜**心**。

云母屏风后的一位贵妇人，烛影相伴，深夜里遥望银河渐落，晓星西沉，由自己的孤独联想到月宫里的嫦娥也应该后悔当初偷不死灵药逃往月宫，只能过着漫长而孤独的日子。

唐朝廷后宫里嫔妃侍女众多，《新唐书·宦者传》说："开元、天宝中，宫嫔大率至四万。"杨贵妃擅专宠，许多宫女幽居独室，空老一生，怨气沸腾。这种社会和政治问题在唐代诗歌中有所反映，即唐人多宫怨诗，特别是盛唐以后，宫怨成为诗歌主题的一个大类，《唐诗三百首》就选入了十余首宫怨诗。元稹《行宫》颇享盛名：

寥落古行**宫**，宫花寂寞**红**。
白头宫女在，闲坐说玄**宗**。

（明）黄凤池辑《唐诗画谱》（局部）

宫怨诗中的女子身似枯枝，心如死水，永远是“闲”人，青春在对过去的追悔、回忆中流逝尽了。

据白居易《上阳白发人》自注："天宝五载已后，杨贵妃专宠，后宫人无复进幸矣。六宫有美色者，辄置别所。"《上阳白发人》特写一位于玄宗末岁初选入宫的女人，"入时十六今六十"，时移世改，依然是"天宝末年时世妆"。元稹这首诗则将无数宫女的悲惨和不幸凝聚在二十字之中，真是力有千钧。宫花虽红，却是"寂寞红"，就像这些宫女一样，白白地耗费自己的青春。后二句，时间已经过去四五十年，这些宫女依然说着玄宗朝的故事，她们永远生活在过去之中，永远是"闲"人，她们的青春就在对过去的追悔、回忆中流逝尽了。构思别致，语意巧妙。洪迈《容斋随笔》赞此诗："语少意足，有无穷之味。"

在中国古代文化里，天与地、君与臣、男与女，都是阴阳二元对立的关系，那么看似写男女情爱的诗篇是否别有寄托呢？这是读者面临的难题。如朱庆余《近试上张水部》：

洞房昨夜停红烛，待晓堂前拜舅姑。
妆罢低声问夫婿，画眉深浅入时无？

从这四句看，似乎是新娘子清早对着新郎的问话，透露出一点娇羞不安的情绪。但据唐人范摅《云溪友议》载："朱庆余校书既遇水部郎中张籍知音，遍索庆余新旧篇什数通，吟改后只留二十六章，水部置于怀抱而推赞欤。清列以张公重名，无不缮录而讽咏之，遂登科第。朱君尚为谦退，作《闺意》（即此诗）一篇，以献张公。张公明其进退，寻亦和焉。……张籍郎中酬曰：'越女新妆出镜心，自知明艳更沉吟。齐纨未足人间贵，一曲菱歌敌万金。'朱公才学，因张公一诗，名流于海内矣。"显然，朱庆余此诗的本意是探问张籍自己的诗篇怎么样，能否入人法眼。可见，写男女之情的诗篇或许是另有隐喻的。王建《新嫁娘》：

三日入厨下，洗手作羹汤。
未谙姑食性，先遣小姑尝。

这首诗像素描，把新嫁娘谨慎胆怯的心情写得很真切。这种心情我们到一个新环境、新岗位可能都会有，所以此诗具有普遍的意义。

6. 物候节令

中国人认为，人从自然来，又归向自然去，本身就是自然的一员；人是“万物之灵”，是自然界中最有灵性的一种生物。人有敏锐的感觉和智慧的大脑，超出万类，但并没有与自然相分离，更没有走向自然的对立面。古人认为万物由“气”化成，清气上升而为天，浊气下沉而为地，精气凝聚而为人，人是“天地之心”，与自然万物相通相感。春夏秋冬四时不同之气，触发自然万物的变化，人类受外物所触而情有所动，便需要诗歌来抒写。钟嵘《诗品序》曰：“气之动物，物之感人，故摇荡性情，形诸舞咏。”说的就是这个道理。在《诗经》里，人情与外物多是比兴关系。如以艳丽的桃花比喻新嫁娘娇美的容颜（《周南·桃夭》），朝生暮死、生命极短暂的蜉蝣依然能“衣裳楚楚”，给予诗人心灵极大的震动（《曹风·蜉蝣》）。其后如《楚辞·九歌·湘夫人》“袅袅兮秋风，洞庭波兮木叶下”，具有浓郁的节序感。《古诗十九首》里如“明月皎夜光，促织鸣东壁。玉衡指孟冬，众星何历历。白露沾野草，时节忽复易”云云，都是“物色之动，心亦摇焉”（《文心雕龙·物色》）。

六朝与唐人诗歌多是如此，“情以物兴，物以情观”（《文心雕龙·诠赋》）。这是古人的心理特征，是诗歌最为基本的一则规律。可是到了宋代，文人更重视内心的道德修养，超越了感物兴情的写作模式。范仲淹《岳阳楼记》所谓“不以物喜，不以己悲”，代表这种新的观物模式，即超越外物对情感的制约，以理观物。如秦观《三月晦日偶题》：“节物相催各自新，痴心儿女挽留春。芳菲歇去何须恨，夏木阴阴正可人。”虽然秦观多作“女郎诗”，但这首诗却体现出宋人以理观物的新模式。宋代以后，“感物兴情”和“以理观物”成为古代诗歌处理物我关系的两种类型。

唐人诗歌多以吟咏自然物色为主要内容，借咏物以抒情。蝉，抱夏枝而长鸣，秋风至则息声，生命短暂，容易引起人们的悲秋之感。唐人咏蝉最早的名作是唐太宗时任弘文馆学士的虞世南，有五绝《蝉》：“垂緌饮清露，流响出疏桐。居高声自远，非是藉秋风。”丝毫没有悲凉之感，而是用比兴方式揭示一种人生经验，暗示一个道理：占据高位，言行自然能发生更大更远的影响。令人想起王安石《登飞来峰》“不畏浮云遮望眼，自缘身在最高层”。骆宾王身为阶下囚，监牢旁边有棵大槐树，傍晚时分，秋蝉哀鸣。听秋蝉之吟，不禁感慨万端，于是作《在狱咏蝉》：

西陆蝉声唱，南冠客思**深**。不堪玄鬓影，来对《白头**吟**》。
露重飞难进，风多响易**沉**。无人信高洁，谁为表予**心**！

“西陆”，秋天。“南冠”，楚冠，楚囚。首联对仗工整，已点清题面。颔联流水对也很巧妙，怎能忍受那像黑发一样的蝉来对着满头白发的“我”长吟呢？还可以理解为，“我”对着黑蝉吟诵着哀怨凄凉的《白头吟》，情何以堪！语义双关。《白头吟》是汉代的乐府民歌。相传卓文君清白却遭诬谤，故作此曲。后面四句是一笔双写，既写蝉，也是自喻。世路迍邅，多艰难险阻，无人相信自己的高洁品格，替“我”表白寸心。初唐高宗仪凤三年（678），骆宾王任侍御史，上书论事，触怒武后，被诬以贪赃罪下狱，他无以自辩，只能以托物言志的方式，借蝉的清洁高逸比喻自己的正直洁白，抒写内心的冤屈和怨愤。

至晚唐时，李商隐受困于牛李党争，难以自拔，也曾借咏蝉以自喻。其《蝉》诗曰：

本以高难饱，徒劳恨费声。五更疏欲断，一树碧无情。

薄宦梗犹泛，故园芜已平。烦君最相警，我亦举家清。

首联写蝉清高自处，难以果腹，在枝头上哀鸣，只是徒劳而已。颔联进一步写“徒劳”，蝉鸣叫到五更天，时断时续，而所栖之树却无动于衷，依然葱翠。表面上写蝉，实际上是托物寓志，比喻诗人处境艰难，无人援手相助。颈联正面写自己任小官，好似转蓬泛梗，漂泊不定；而故乡已荒芜，不可返回。尾联谓诗人与蝉相怜相惜，劳驾蝉的鸣叫相警，“我”也是全家清廉，抒发诗人仕途失意的牢骚和不平。咏蝉既切合蝉的特征，又能物外传情，寄托诗人的情怀，蝉与人、情与物融为一体，达到咏物诗的至高境界。

托物寓志，是咏物诗最基本的表现方式。在中国人的眼里，一花一草，一禽一树，都不是纯粹的自然物，而是有灵性、有品格，与人的精神境界相互映衬，或是自然的人化，或是人的自然化。杜甫在蜀地多次写诗咏赞武侯祠的松柏，借以称颂诸葛亮复兴汉室的伟大功业。他在夔州咏孔明庙的老柏，就处处有诸葛亮的精气神灌注其中，咏物实是写人。杜甫《古柏行》：

孔明庙前有老**柏**，柯如青铜根如**石**。
霜皮溜雨四十围，黛色参天二千**尺**。
君臣已与时际会，树木犹为人爱**惜**。
云来气接巫峡长，月出寒通雪山**白**。
忆昨路绕锦亭**东**，先主武侯同閟**宫**。
崔嵬枝干郊原古，窈窕丹青户牖**空**。
落落盘踞虽得地，冥冥孤高多烈**风**。
扶持自是神明力，正直元因造化**功**。
大厦如倾要梁**栋**，万牛回首丘山**重**。
不露文章世已惊，未辞剪伐谁能**送**。
苦心岂免容蝼蚁，香叶终经宿鸾**凤**。
志士幽人莫怨嗟，古来材大难为**用**。

全诗24句，分为三层。首八句是从眼前夔州孔明庙前古柏树写起，描写柏树之苍劲高大。刘备与诸葛亮当时已是君臣际会，鱼水相得，这棵古柏就像西周初年召伯的甘棠一样，为后人所感念爱惜。“忆昨”下的八句，由眼前的古柏联想到成都先主庙、武侯祠的古柏，高大的枝干盘踞郊原，与庙内漆绘相映衬，显得深邃肃穆。在烈风的长年摧残下，古柏还能如此正直笔立参天，都是依靠神明之力、造化之功。最后八句抒写感慨。大厦将倾，正需要栋梁。古柏虽没有华美的色彩，但已震惊世人。古柏太重，一万头牛都拉不动。虽不辞砍削，但谁能送去作栋梁之用呢？古柏有用世之心，但不免蝼蚁侵蚀。即使不作大厦的栋梁，它的芳香也会引来鸾凤筑巢。志士幽人不必抱怨嗟叹，自古以来，材大者就难为世所用。正直参天、苍劲朴质的古柏形象，象征着诸葛亮的正直人格和巨大材能，表达了诗人对这位伟大政治家的崇敬和赞颂。金性尧说："读了这些诗篇，也确实使人消去鄙吝之心。"

中晚唐诗人失去了崇高的理想，销蔫了积极进取的精神，胸襟和气象都要小得多，咏物诗是落寞者的悲吟，显得格局狭隘，格调低沉。晚唐诗人崔涂《孤雁》：

几行归塞尽，念尔独何**之**？暮雨相呼失，寒塘欲下**迟**。
渚云低暗渡，关月冷相**随**。未必逢矰缴，孤飞自可**疑**。

首联是问句，同飞的大雁都飞至塞上，你一只孤雁独自飞向哪里呢？颔联从正面写失群大雁的孤独：在暮雨中相呼同伴，但

（清）马涛绘《诗中画》（局部）

一人一马两行雁字渲染出天涯羁旅的游宦形象。

已失散而孤飞；孤零零地，想要下落到寒塘，又胆怯迟疑。颈联写孤雁因胆怯而飞得很高，渡过渚上的低云，只有关山冷月一路陪伴。中间四句抓住“孤”字写孤雁失群，颇为传神。古人评其中“失”“迟”“低”“冷”四字极凝练，极着意。“矰缴”是带有丝绳的短箭，尾联写孤雁虽未必有矰缴之患，但失群孤飞毕竟心生疑惧。诗人家在江南，四处漂泊，多羁旅之苦，就像孤雁单飞一样，既有失群的孤独落寞，也时刻担心遭遇中伤。

中国人的生命节奏与宇宙自然的运行节序谐和共振，

诗人心灵敏锐，具有强烈的物候节序感。初春的一瓣新芽，秋夜的一声蛩鸣，都能引起诗人怦然心动，一年四季有情感的意义。陆机《文赋》说："悲落叶于劲秋，喜柔条于芳春。"秋日金风狂起，落叶飘零，让人悲伤；春天群芳争艳，枝叶扶疏，令人欣喜。春与秋是诗人最为敏感的季节。杜审言《和晋陵陆丞早春游望》曰：

独有宦游**人**，偏惊物候**新**。云霞出海曙，梅柳渡江**春**。
淑气催黄鸟，晴光转绿**蘋**。忽闻歌古调，归思欲沾**巾**。

首二句写出普遍的心态：在外宦游的人，对物候的变化更为敏感，气象转新，反而让他们感到惊心。中间四句具体写"物候新"：海边云霞透出曙光，梅柳的春色已由江南渡至江北。和煦的春风传来黄鸟的鸣叫，春光在绿蘋上跳荡。真是一派大地回春的美好景象。这四句写景很有绘画性和动态感。但是，对于宦游者，往往是乐景而生哀情。陆丞的《早春游望》引得诗人乡思之泪簌簌地流下来。"古调"指陆丞的诗，照应题目"和"字。这首诗虽是和作，却自抒怀抱，毫无生硬牵强之处。

刘方平一生没有做官，诗歌没有深刻的内容、重大的主题，但隐藏着一颗对自然节序敏锐的心灵。你看《月夜》：

更深月色半人**家**，北斗阑干南斗**斜**。
今夜偏知春气暖，虫声新透绿窗**纱**。

夜已深了，月光斜照着庭院，只能看到半边；天空中星斗纵横，夜色将尽。久违的虫鸣透过窗纱，打破夜的澄净，传来了春气回暖的讯息。这首《月夜》就像诗中的“虫声”一样，是天地的元声。

古人的伤春悲秋，往往与爱情、个人仕途和家国情怀联系在一起，是多重情感的复调。李白的《春思》：

燕草如碧**丝**，秦桑低绿**枝**。
当君怀归日，是妾断肠**时**。
春风不相识，何事入罗**帏**？

这是以闺妇口吻抒写春夜里对远行在外的丈夫的思念。燕在北方，是丈夫行役之地，北地碧草如丝；秦是今天陕西一带，闺妇所在，令人想到秦罗敷，闺妇所在的秦地桑叶繁茂，春意已浓。丈夫在燕地睹春草而怀归之日，正是闺妇相思断肠之时。夫妻二人彼此同心，甚至妻子的思念更痛苦难熬。末二句谓夜深了，闺妇孤独无眠，而春风偏偏吹进来，轻抚罗帏，搅扰得闺妇相思难耐。春情和闺思合在一处写，真切动人。秋月秋风同样也能惹起闺阁之思。李白《子夜吴歌》：

长安一片月，万户捣衣**声**。
秋风吹不尽，总是玉关**情**。
何日平胡虏，良人罢远**征**？

这是李白采用吴声歌曲写的一首乐府诗，写闺妇思念远征在外的丈夫。唐代前期实行府兵制，士兵出门打仗需要自带军需用品，家中闺妇到秋天的时候会制衣服送给丈夫。古代的葛布需要放在石砧上捶打去浆变软，才可裁制衣服。长安城月光之下，传来家家户户捣制衣服的杵声。“玉关”，玉门关，泛指丈夫所在的边关。闺妇对在外征戍的丈夫的思念都寄托在这捣衣声中，夜深了也绵延不绝，好像秋风

（南唐）赵幹绘《江行初雪图》（局部）

冬日初雪天，江边渔人为了生计备极艰辛，岸边旅客冒着寒雪赶路。杜甫《阁夜》中霜雪初霁的冬夜，百姓打鱼的情景与此图颇类似。

都吹不散。末二句代闺妇发问：什么时候才能平定边疆敌人的侵扰，男人们可以不再离家远征啊！可见战争对平民百姓安定生活的破坏。秋思、闺情与对和平的渴望融为一体，升华了主题。

杜甫七律《阁夜》写夔州的冬景，跟家国情怀紧密联系起来：

岁暮阴阳催短景，天涯霜雪霁寒**宵**。
五更鼓角声悲壮，三峡星河影动**摇**。
野哭几家闻战伐，夷歌数处起渔**樵**。
卧龙跃马终黄土，人事音书漫寂**寥**。

大历元年（766）冬天杜甫在夔州西阁。首联点明时令和天气，冬天的太阳早早就落山了，偏远的夔州的寒夜，霜雪初霁。颔联写阁夜之景，鼓角之声此起彼伏，星光映照在三峡中，光影动摇，境界壮大，实则有动荡不安之意，令人想到当时蜀中崔旰、郭英乂、杨子琳等军阀连年混战，局势混乱不堪。

（清）马涛绘《诗中画》（局部）

中国文人有渔樵情结，因其是隐逸的象征，但“樵夫晚担月为灯”，以渔樵为生的俗世人，面对的却是艰难繁重的生活。

于是生出颈联，因为战伐频仍，多有死伤，听到了几家的野哭。因为战死，不得收尸安葬，故曰“野哭”。“夷歌”句写僻远的夔州的百姓生活，在如此天寒地冻的夜晚，百姓打鱼砍柴，可以想见生活之穷苦。“卧龙”指诸葛亮，是杜甫一生仰慕的贤相能臣；“跃马”指公孙述，西汉末年曾据蜀为乱，是乱臣贼子。末二句谓不论忠奸贤愚终究归于消亡，那么诗人如此遭遇，远地音讯寂寥无闻，也就都随它了吧。一方面是对蜀地军阀混战的斥责，另一方面也是无奈的自我宽慰。

除了春夏秋冬的季节外，若遇上一年里的重要节令，古人也往往有诗咏怀。旧历新年是国人情感分量最重的节日，当万家团圆之时，如果还漂泊在外，那是不能不作诗诉苦的。崔涂《除夜有怀》：

迢递三巴路，羁危万里**身**。乱山残雪夜，孤烛异乡**人**。
渐与骨肉远，转于僮仆**亲**。那堪正漂泊，明日岁华**新**。

联系前面的《孤雁》，就可以理解这首诗里诗人远离家乡，孤独地漂泊在异乡的情景了。颈联所写之孤独无奈心情，非亲历其境者不易体会。这种异乡漂泊的感情因为除夕夜而尤其迫切沉痛，难以忍受。

寒食节是清明节前一二日，禁烟火，只吃冷食，故名。唐代朝廷于寒食节特赐近臣火烛，是特权阶层的“特供”。韩翃作《寒食》记此事：

春城无处不飞**花**，寒食东风御柳**斜**。
日暮汉宫传蜡烛，轻烟散入五侯**家**。

“御柳”点明是宫廷的杨柳，“汉宫”是以汉代唐的手法，唐诗里常见。“五侯”指宦官，自肃宗、代宗以来，宦官炙手可热，白居易《轻肥》等诗就是针对当时的宦官而作的。此诗讽刺之意隐然言外，就连德宗看了也察觉不出什么讽刺意味，把起草制诰一职特批给“春城无处不飞花”的韩翃。言之者无罪，但没有达到“闻之者足戒”的效果。

在唐人众多的清明寒食诗里，《唐诗三百首》挑选出无名氏的一首《杂诗》：

近寒食雨草萋**萋**，著麦苗风柳映**堤**。
等是有家归未得，杜鹃休向耳边**啼**。

首二句写寒食节的景色，按自然语序应该是“雨近寒食草萋萋，风著麦苗柳映堤”，为了符合平仄才调整了语序。唐朝时，官员清明节是放假的，可以归乡扫墓。但是这位诗人羁旅在外，有家归不得，因此，杜鹃别在耳边啼鸣。“杜鹃”，一名子规，其声似“不如归去”。全诗主旨不外是怀乡之情，但构想别致。

“九”在《周易》中是最大的阳数，九九归真，一元肇始，“九九”又谐音久久。古人把农历九月九日定为重阳节，享宴高会，登高秋游，佩插茱萸，把盏赏菊，祈愿生活的吉祥美好。重阳节往往能引起诗人更为强烈的思亲怀人之情，王维《九月九日忆山东兄弟》抒写了漂泊游子的共同情怀：

独在异乡为异客，每逢佳节倍思亲。
遥知兄弟登高处，遍插茱萸少一人。

王维是河东蒲州（今山西运城）人，属当地名门望族，兄弟有王缙、王繟、王纮、王紞，还有两个妹妹。王维十五岁就去长安参加科举考试。这首诗是他年轻时在长安所作。以华山为界，自己住在长安，是山之西；华山以东是他的家乡，故称山东。（今天的山东、山西省是以太行山为界。）王维诗中一个“独”字、两个“异”字写出了羁旅长安的孤独感、陌生感。“每逢佳节倍思亲”，是人之常情。诗歌是人人心头万不获已、必欲说出的话，代天下人抒写普遍的情怀，也就能引起广泛的情感共鸣。“遥知”领起后面二句，思绪飞回到家乡，想象兄弟们九日登高，佩插茱萸时少我一人，他们一定很思念我吧。明明是诗人思念家乡的亲人，却转而写家乡的亲人思念他。这就像杜甫《月夜》“今夜鄜州月，闺中只独看”一样，对面着笔，更委婉曲折，摇曳生姿。

7. 咏史怀古

一个人的现在是由他的成长经历构成的；一个民族的当下是由她的历史建构起来的。历史塑造当下，指向未来；而当下和未来也终久会积淀为历史。历史是文化的血液。所谓文化共同体，往往是指拥有共同的历史记忆、社会经验、人生情感和价值观念。历史记忆、经验的积累和分享是建构文化共同体的重要方式。每一个民族都重视自己的历史，中华民族更是如此。数千年中华文化绵延不绝，依赖共同的历史记忆和文化经验不断地积累更新，并被中华子民所分享。咏史怀古是中国诗歌悠久的传统，咏史怀古诗在延续历史记忆、更新历史认知和培养文化共情方面，发挥着巨大的作用。咏史的源头可追溯至班固咏小女缇萦愿入身为官婢以赎父罪的故事，有句“百男何愦愦，不如一缇萦”，钟嵘评其“有感叹之词”，“质木无文”。西晋左思有《咏史八首》，借咏史事以泄愤刺时，影响甚巨。咏史怀古逐渐成为重要的题材。唐人咏史怀古，多借以抒怨情，讽时事；宋人咏史，多借以发表议论，生出一番不俗的见识。如王昭君是古人频频吟咏的对象，王安石咏出《明妃曲》后，欧阳修、梅尧臣、司马光、刘敞等都有唱和之作。王安石诗曰：“汉恩自浅胡恩深，人生乐在相知心。”欧阳修诗曰：“耳目所及尚如此，万里安能制夷狄？……红颜胜人多薄命，莫怨春风当自嗟！”这都是在发议论，以别出手眼为上。后世的咏史怀古，不出抒情讽世和发议论、生识见这两种模式。当然，还有一种粘着事实、与历史寸步不移的咏史，如胡曾《乌江》曰：“争帝图王势已倾，八千兵散楚歌声。乌江不是无船渡，耻向东吴再起兵。”近似于历史歌诀顺口溜，是等而下之的。

咏史怀古是唐诗的重要内容，《唐诗三百首》选入了一些咏史怀古的名篇。

安史之乱后，杜甫流寓巴蜀，在夔州多次拜谒武侯祠，凭吊这位志在匡复汉室的老臣，写了许多咏赞诸葛亮的诗篇，其中最著名的三篇均入选《唐诗三百首》。《八阵图》是杜甫唯一入选的五言绝句，诗曰：

功盖三分国，名成八阵图。
江流石不转，遗恨失吞吴。

这首诗作于大历元年（766），杜甫初到夔州，当年诸葛亮在这里布下八卦阵困陷东吴上大将军陆逊，八卦阵的遗迹尚可寻觅，杜甫心生感慨，作下此诗。首二句称赞诸葛亮的功名，在魏蜀吴三国中，武侯功业无人能比，八卦阵建立奇功，名著千秋。第三句谓江水流逝，但八卦阵留下的磐石依旧如故，诸葛亮的功名就像这磐石一样坚固。末句谓蜀国当时意在吞吴，是失策，留下了遗憾。因为吴蜀唇亡齿寒，二者相争，让魏国坐收渔利。

杜甫咏赞武侯，多是神往于当年“一体君臣祭祀同”的君臣际会，希望当下有像诸葛亮这样的贤臣出来为国家纾难解纷。他的《咏怀古迹五首》之五：

诸葛大名垂宇宙，宗臣遗像肃清高。

三分割据纡筹策，万古云霄一羽**毛**。
伯仲之间见伊吕，指挥若定失萧**曹**。
运移汉祚终难复，志决身歼军务**劳**。

首句赞诸葛亮的大名传扬天下，永存于后世；次句写诗人对着世人宗仰的重臣清高的遗像肃然起敬。第三句赞诸葛亮周密筹划，使蜀能与魏、吴三足鼎立；第四句赞其功名像鸾凤高翔云霄一样流传千古。颈联拿古代的将相作比衬，谓诸葛武侯的功业与商代伊尹、周朝吕尚不相上下，而汉初的萧何、曹参不足比拟。最后二句慨叹汉朝的运祚难以恢复，大厦将倾，非一木可支，对诸葛亮和蜀汉的悲剧宿命表达深深的惋惜。这首诗全篇都是赞叹，是议论。相比而言，《蜀相》致以深深的慨叹，抒写壮志难酬的悲愤：

丞相祠堂何处**寻**，锦官城外柏森**森**。
映阶碧草自春色，隔叶黄鹂空好**音**。
三顾频烦天下计，两朝开济老臣**心**。
出师未捷身先死，长使英雄泪满**襟**。

肃宗上元元年（760）春天，杜甫拜谒成都的武侯祠，作此七律。首联自问自答，写武侯祠在成都城外，松柏森森。颔联描写武侯祠的深春景象，碧草映阶，黄鹂鸣啼，看似美丽，但是“自”“空”二字不胜寥落之感，这是景中含情的“有我之境”。颈联赞颂蜀汉君臣鱼水相得：刘备为了天下而三顾茅庐；为先主开国，为后主继业，诸葛亮鞠躬尽瘁，死而后已。尾联慨叹诸葛亮出师伐魏，殒命五丈原，留下深深的遗憾。后代许多英雄也同样因壮志未酬的遗憾而流下悲愤的泪水。这是人类崇高的悲剧，似乎是难以摆脱的宿命。南宋时，宗泽率军抗击金兵，疽发于背，诵“出师未捷身先死，长使英雄泪满襟”勉励诸将，连呼三声“过河”，与世长辞。

唐穆宗长庆年间，刘禹锡任夔州刺史，拜谒当地的蜀先主庙，作五律怀古诗《蜀先主庙》：

天下英雄气，千秋尚凛**然**。势分三足鼎，业复五铢**钱**。
得相能开国，生儿不象**贤**。凄凉蜀故伎，来舞魏宫**前**。

首联是进入先主庙的感受，赞颂刘备三分天下的英雄气概千年之后尚且凛然让人敬畏。颔联述刘备的功业，三足鼎立而致力于恢复汉室。“五铢钱”本是西汉的货币，被王莽废除，光武帝重新铸造五铢钱，这里借指刘备复兴汉室。颈联议论，刘备得着诸葛亮为丞相而能开国，可惜生个儿子刘禅却不贤明，一句爱一句憎，后人称为“爱憎对”。尾联谓后主昏聩无能，不能固守基业，最终灭国，连女乐也被掳至魏都供他人娱乐。蜀国之一盛一衰，令人扼腕叹息，这或许不只是历史的运数，更有人事的教训吧！

在中唐时期，刘禹锡是反对藩镇割据的，并从历史中总结教训，试看《西塞山怀古》：

王濬楼船下益**州**，金陵王气黯然**收**。
千寻铁锁沉江底，一片降幡出石**头**。
人世几回伤往事，山形依旧枕寒**流**。
从今四海为家日，故垒萧萧芦荻**秋**。

这首七律作于长庆四年（824），刘禹锡从夔州刺史转任和州刺史，乘舟顺江而下，经过湖北大冶附近的西塞山。西塞山曾是东吴的江防要地。前四句一气流走，写西晋灭吴事。益州刺史王濬受晋武帝之命造大楼船，于太康元年（280）正月自成都顺江而下，直奔建康。吴国曾用铁链锁住长江，王濬用火炬烧断铁锁，所向披靡，孙皓出城投降。后四句感慨，长江曾为天堑，这里发生过多少分裂割据的争战啊，但都成了陈迹，只有那座西塞山依旧静静地卧在江边，好像在冷眼旁观人世的扰攘。如今已天下一统，像西塞山这样的战垒都荒废在萧瑟的芦荻之中了。刘禹锡有诗句“兴废由人事，山川空地形”（《金陵怀古》），当年东吴凭借天堑之险，不足以阻挡天下统一的大势。诗人以历史的教训告诫那些蠢蠢欲动的藩镇势力，同时也有居安思危的警示意义。

两年以后，刘禹锡从和州返回洛阳，途经金陵，作怀古绝句《金陵五题》，《唐诗三百首》选了其中的《乌衣巷》：

朱雀桥边野草**花**，乌衣巷口夕阳**斜**。
旧时王谢堂前燕，飞入寻常百姓**家**。

“朱雀桥”“乌衣巷”皆是金陵的六朝遗迹，经“野草花”“夕阳斜”的点染，荒凉没落之意油然而生。后二句就眼前之物而巧妙生思，燕子仍飞入此堂，但东晋王谢世族早已衰落，昔日的府堂已经是普通百姓人家了。用笔曲折，不着一字议论，而人事盛衰兴废之感，足以豁人心目。此诗引起后人强烈的情感共鸣，苏轼《次韵子由赠吴子野先生二绝句》其二曰：“江令苍苔围故宅，谢家语燕集华堂。先生笑说江南事，只有青山绕建康。”辛弃疾《永遇乐·京口北固亭怀古》曰：“斜阳草树，寻常巷陌，人道寄奴曾住。”都是出于同一机杼。

广陵（今扬州）在南北对峙时是军事前线，往往有重兵把守，正因为是军事要地，所以又是内乱的根源。刘宋大明三年（459）四月，竟陵王刘诞在广陵叛乱，沈庆之建筑弩台，平定叛乱。至陈时，大将吴明彻增修，因而得名“吴公台”。刘长卿《秋日登吴公台上寺远眺》：

古台摇落后，秋入望乡**心**。野寺来人少，云峰隔水**深**。

夕阳依旧垒，寒磬满空**林**。惆怅南朝事，长江独至**今**。

首二句点题，秋日、登台、远眺、怀乡，面面俱到。三句应首句“摇落”意，四句应次句“望乡”意。五六句写景而兼吊古，夕阳下，旧时的战垒已荒芜颓圮，钟磬之声在空林中回荡，给人以荒寒之感。尾联抒发感慨，回想在这座台上演出的一幕幕历史闹剧，深感惆怅，一切都消逝了，唯独长江水奔流不息。吊古、写景、抒情相融为一，有神韵之美。

隋炀帝杨广虽然是陕西华阴人，但早年出任扬州总管长达十年，对扬州有深厚的感情。继位后多次下扬州，建造多处行宫，最终驾崩于此。李商隐有三首以“隋宫”为题的诗篇，《唐诗三百首》选了两篇。七律《隋宫》曰：

紫泉宫殿锁烟**霞**，欲取芜城作帝**家**。
玉玺不缘归日角，锦帆应是到天**涯**。
于今腐草无萤火，终古垂杨有暮**鸦**。
地下若逢陈后主，岂宜重问后庭**花**。

首联谓长安宫殿冷落，烟霞笼罩，隋炀帝巡幸江都，想要把当年的芜城扬州作为帝家。颔联意指如果隋朝不被大唐取而代之的话，隋炀帝的龙舟恐怕要游遍天涯海角了。颈联转笔写今日隋宫的荒凉，腐草、垂杨、暮鸦，毫无生机。尾联讽刺隋炀帝，与陈后主陈叔宝一样都是荒淫的亡国之君。隋炀帝的“锦帆”是从哪儿来的呢？李商隐的七绝《隋宫》交代得很清楚：

乘兴南游不戒**严**，九重谁省谏书**函**？
春风举国裁宫锦，半作障泥半作**帆**。

隋炀帝荒淫乃至得意忘形，南巡竟然不戒严，虽然有人上表劝谏，但是宫门九重，隋炀帝怎么听得进那些谏议呢？后面二句谓正当春耕的大好时节，全国百姓竟然都在为宫廷织裁锦缎，朝廷征敛这些锦缎，仅仅是为了做骑马的障泥和龙船的锦帆！最高统治者过着荒淫豪奢的生活，置百姓的死活于不顾，不亡国才怪呢！主题具有很强的批判力量。从义脉来看，一二句和三四句之间承转不够自然，好似断开了。但如果把障泥、锦帆与南游联系起来，那么义脉是贯通的。

历史的盛衰兴废之感，是怀古诗的常见主题。中华民族历史悠久，每一处遗迹都像一位饱经世事的老者，是历史的见证，诉说着人事的沧桑，容易打动心灵敏锐、感慨无端的诗人。

《世说新语·文学》记载东晋的一则故事：袁宏少贫，曾为别人运载稻谷，镇西将军谢尚当时镇守牛渚（采石矶，在今安徽马鞍山附近长江段），乘船从旁经过。那个夜晚清风朗月，谢尚听到水边船上有人吟咏五言诗，未曾听过，甚有情致。于是派人讯问，原来是袁宏咏其自作咏史诗，因此邀请他相见，大欢而散。后来谢尚任安西将军、豫州刺史时，聘袁宏为参议军事，可谓是风云际会。李白一生钟爱采石矶，曾在这里生活很长一段时间，且终老于此，留下不少名篇，其中有《夜泊牛渚怀古》：

牛渚西江夜，青天无片**云**。登舟望秋月，空忆谢将**军**。
余亦能高咏，斯人不可**闻**。明朝挂帆席，枫叶落纷**纷**。

虽为律诗却似古风，不对偶，一气流走，纯以神行。在青天澄澈的夜晚，诗人在牛渚乘舟，但谢尚将军不可再见到，只能“空忆”；即使我能高情吟咏，也没有人来欣赏。既然无人赏识，明朝只能孤零零地扬帆远行。末句以写景作结，即所谓“落句含思势”，以落叶纷纷的萧瑟景象渲染一种落寞的情绪氛围。通首借咏史以抒发怀才不遇的伤感。据说李白在去世前一年作了《登金陵凤凰台》：

凤凰台上凤凰**游**，凤去台空江自**流**。

吴宫花草埋幽径，晋代衣冠成古**丘**。
三山半落青天外，二水中分白鹭**洲**。
总为浮云能蔽日，长安不见使人**愁**。

李白的七律只有八首，《唐诗三百首》仅选一首，就是此篇。传说刘宋时期有凤凰集于金陵一座山上，于是命名为凤凰山，在上面建筑凤凰台。李白登上金陵凤凰台，发思古之幽情，“空”字是全诗之眼。凤去台空，唯剩江水独自流淌。三国时东吴的宫殿已经荒芜，晋代的衣冠已成丘坟，过去的繁华一去不复返，转眼成空。颈联描写山水，即登台所望的空旷景象。由登台所望而生出末联的感慨：奸邪当道，障蔽贤良，就像浮云蔽日一样，使诗人眺望不到长安，不能立登要路津，难免心生惆怅。京城长安在唐代是读书人实现梦想的地方，李白也不能例外，他即使浪迹天涯，也是“狂风吹我心，西挂咸阳树”（咸阳代指长安）。有人说李白《登金陵凤凰台》是模仿崔颢《黄鹤楼》而作。崔颢《黄鹤楼》：

昔人已乘黄鹤去，此地空余黄鹤**楼**。
黄鹤一去不复返，白云千载空悠**悠**。
晴川历历汉阳树，芳草萋萋鹦鹉**洲**。

日暮乡关何处是？烟波江上使人**愁**。

这是黄鹤楼第一名诗，也是唐人七律的压卷之作，《唐诗三百首》把这首诗列于七言律诗的开首。武汉长江口的黄鹤楼，相传三国时蜀汉名臣费祎飞升于此，后忽乘黄鹤归来，故名黄鹤楼。又传说仙人王子安乘鹤过此。崔颢此诗首二句就将读者引入美妙的神话境界，人去、鹤逝、楼空，唯悠悠白云，飘荡天际，千载如此。都说世事如浮云，诗人翻进一层：世事竟不如浮云。颔联似对而不工，上句六仄声，铿锵顿挫；下句五平声，三平调，音节浏亮而悠远。颈联写登楼所望对岸的景象，阳光下汉江边上树林历历在目，鹦鹉洲上芳草茂盛。“王孙游兮不归，春草生兮萋萋”（《楚辞·招隐士》），芳草伴离愁，是触景生情。由第六句自然而然地生出末二句的怀乡之愁，特别是用问句，更具无限迷离怅惘之情。李白“眼前有景道不得，崔颢题诗在上头”，确是不虚之叹！

贾谊在汉文帝时因才高而遭忌，被周勃、灌婴等排挤，遭贬为长沙王太傅，与屈原一样，是坎壈失意的文人。后代文人仕途一失败就想到屈原、贾谊，借古人来抒泄自己的怀抱。中唐诗人刘长卿就有过两次被贬的经历，第二次被贬是从湖北经湖南赴浙江，他作《长沙过贾谊宅》：

三年谪宦此栖**迟**，万古惟留楚客**悲**。
秋草独寻人去后，寒林空见日斜**时**。
汉文有道恩犹薄，湘水无情吊岂**知**。
寂寂江山摇落处，怜君何事到天**涯**。

首联叙贾谊贬谪长沙，三年郁郁寡欢。但这三年足以让万代的楚客异世而同悲了。三四句写贾谊宅的秋景，夕阳下，秋草荒芜，林际萧瑟，已不见宅子主人的丝毫痕迹。颈联议论，汉文帝是有道之君，尚不能用他（更何况暗主昏君！）；贾谊渡湘水作《吊屈原赋》，屈原的英魂岂能知晓其冤屈。尾联感慨，问贾谊因何事而流落至如此荒凉僻远之地。借贾谊自喻，也是自宽自慰。沈德潜评曰："谊之迁谪，本因被谗，今云何事而来，含情不尽。"这是典型的"哀而不伤，怨而不怒"。刘长卿咏贾谊，重在吊古抒怀；李商隐的七绝《贾生》则是借古讽今：

宣室求贤访逐**臣**，贾生才调更无**伦**。

可怜夜半虚前席，不问苍生问鬼神。

宣室是汉未央宫正殿。据《史记·屈原贾生列传》，汉文帝坐在宣室里接受祭神的肉，问贾谊有关鬼神的事，贾生解释得很详细，直到半夜，文帝听得津津有味，还把坐席往前挪了挪。李商隐这首诗是为此而发。“可怜”意为可惜，二字轻轻拨转，“夜半虚前席”，问的不过是鬼神之事，“求贤”是假象，“才调”遭漠视，皇帝关心的只是个人如何延年益寿，国家苍生一概置于脑后。唐武宗好神仙，李商隐或许是为此而发。这首诗以议论为主，唐诗而有宋调。

在历史的簸弄中，女性的命运往往尤为曲折悲惨，引起后世文人的同情，咏史怀古有时就以历史上有名的美女才媛为对象。请看王维的《西施咏》：

艳色天下重，西施宁久微。朝为越溪女，暮作吴宫妃。
贱日岂殊众，贵来方悟稀。邀人傅脂粉，不自著罗衣。
君宠益娇态，君怜无是非。当时浣纱伴，莫得同车归。
持谢邻家子，效颦安可希。

这首诗的主题有不同的解释。一种是抓住“朝”“暮”等句，感慨人情无常、世态炎凉；一种是专注于“君宠”“君怜”等句，解释为讽刺皇帝宠幸臣子，没有是非观念。但我觉得王维写这首诗，本意不一定在讽刺，字面表达的是“艳色天下重”，隐喻有才能的人终究会一展身手，彰显于世，而无才者不可效颦希求。

（清）马涛绘《诗中画》（局部）

西施入宫前的身份是浣纱贫女。

王昭君的悲剧引起后代许多文人的共鸣，成为古代诗歌的一个母题，李白、白居易都作诗咏赞过她。但《唐诗三百首》选的是杜甫《咏怀古迹五首》其三：

群山万壑赴荆门，生长明妃尚有村。
一去紫台连朔漠，独留青冢向黄昏。
画图省识春风面，环珮空归夜月魂。
千载琵琶作胡语，分明怨恨曲中论。

沈德潜曾说："咏昭君诗此为绝唱，余皆平平。"王昭君家在今湖北秭归东北，杜甫经过其地，睹古迹而兴怀。首句写雄奇的地理形势，昭君村的地脉就不同寻常。"群山"如果改为"千山"，就没有力量。"群"音浊重，"千"音清轻。次句意谓昭君村至今尚存。颔联概括王昭君悲剧的一生。自从离开汉宫（"紫台"）去匈奴大漠，就终老塞外，剩下孤零零的青冢独自静矗于暮霭之中。"一""独"入声，加重语气。第五句应该按反问句理解，仅凭画图岂能认识女人的美丽容颜？应上第三句。第六句谓王昭君生不得归，死后魂魄于月夜归来，是"空归"，应上第四句。相传王昭君在胡地弹奏琵琶，有琵琶曲《昭君怨》传世。尾联意谓传世千载的《昭君怨》曲，分明就是王昭君怨恨的泣诉。"怨恨"二字，一篇之眼。全诗都是写昭君"怨"己之远嫁、"恨"汉之无恩。杜甫恐怕是借王昭君的故事曲折地抒写他"足茧荒山"的怨恨吧！最后来看杜牧的《金谷园》：

> 繁华事散逐香**尘**，流水无情草自**春**。
> 日暮东风怨啼鸟，落花犹似堕楼**人**。

金谷园是西晋初年石崇在洛阳西北建造的园林，极其豪奢，《世说新语》记载石崇斗富的故事可能就发生在这里。石崇有一爱妾名叫绿珠，色艺双绝。赵王司马伦手下的孙秀想霸占绿珠，石崇不许，被孙秀陷害。绿珠泣曰："当效死于官（主子）前。"于是堕楼而死。杜牧在洛阳看到金谷园荒芜的废址，不禁感慨，随着时间的流逝，一切的繁华终归澌灭。晚风送来幽怨的鸟鸣，花瓣像当年的堕楼人一样片片飘落，充满着幻灭感。诗歌格调低沉，但具有警人心魄的力量。

总体来说，咏史怀古诗大体上有这样几个方面的要求：第一要"有感"，借古人之事抒写自己的怀抱，诗人把自己的感触情怀寄寓在对历史事件的咏叹中。第二要"有识"，具有独特的识力，对历史上人物、事件有独特的认知和思考。前人说

“咏史诗须别有怀抱”。“别有怀抱”就是诗人切己的感情和非凡的见识。咏史诗不是“历史歌诀”，不能凿凿地铺叙历史事实，应该若即若离，能入能出，议论须与具体的描写、叙事、抒情糅合为一，隐然生致，不乏神韵，忌讳抛开具体的意象，空洞地叙事或抽象地说理。

8. 丝管丹青

丝指琴瑟之类乐器，管指箫笛之类乐器，泛指音乐。丹青即绘画。这一节讲《唐诗三百首》中咏音乐与绘画的诗。音乐、绘画与文学，是艺术的不同门类，具有内在的一致性，联系紧密。绘画、音乐既可以从文学中寻得素材，文学也可以绘画、音乐为表现对象。

汉魏六朝时期，铺陈音乐的赋体如王褒《洞箫赋》、马融《长笛赋》等日益增多，乃至萧统《文选》专门列有音乐赋一类。在音乐赋之外，齐梁时期还出现大量咏乐诗，以柔靡华艳之词描摹音乐美感，是唐代咏乐诗的前奏。宋代咏乐诗具有宋诗尚意言理的一般特征，如苏轼《琴诗》“若言琴上有琴声，放在匣中何不鸣？若言声在指头上，何不于君指上听？”可谓是对艺术的哲学思考。元明以降，随着戏曲的繁盛，出现了诸多咏剧诗，月旦人物，品赏演艺，寄托情怀。

西晋时就出现了夏侯湛《东方朔画像赞》之类绘画与文学相联结的作品，但不能算作题画诗。东晋以后出现诸如支遁《咏禅思道人》、庾信《咏画屏风诗》之类诗歌，以绘画为歌咏对象，也不能算是真正的题画诗。题画诗滥觞于唐代，还处于起步阶段，数量不多，杜甫《画鹰》《画马》之类是其中的佼佼者。宋代随着文人画的兴起，题画诗大量涌现，文人题画诗或叙事，或抒情，或议论，无往而不可，表现超卓高妙的胸襟、淡雅恬适的意趣，诗画互应，相得益彰。元明以来，诗画合璧，甚至诗、书、画三位一体，如郑板桥每画必题诗，成为文士生活与交往的重要内容。

音乐歌舞是人们生活的重要内容，从朝廷典礼到日常娱宾佐觞、排闷自娱，都离不开音乐。唐代南北统一，经济繁盛，帝王喜好文艺，促进了文艺的兴盛。音乐歌舞成为唐诗表现的对象，出现了不少咏乐诗。李颀《琴歌》：

主人有酒欢今**夕**，请奏鸣琴广陵**客**。

月照城头乌半**飞**，霜凄万木风入**衣**。

铜炉华烛烛增**辉**，初弹渌水后楚**妃**。

一声已动物皆静，四座无言星欲**稀**。

清淮奉使千余**里**，敢告云山从此**始**。

这首诗的韵脚很特别："夕""客"，在古代押入声陌韵；"飞""衣""辉""妃""稀"，押平声微韵；"里""始"，押上声纸韵。首二句叙事，主人设酒宴，请琴师弹奏琴曲以尽今夕之欢。广陵客，用嵇康《广陵散》事，泛指弹琴的人。"月照"二句描写室外之景，秋月朗照，乌鹊还在纷飞，风霜凄紧，万木萧疏，为下文弹琴营造一种清穆的氛围。"铜炉"句是室内的设施。《渌水》《楚妃（叹）》皆琴曲名。后四句侧面写琴曲之动人，琴弦拨动，万物都顿然安静下来，四座之客久久地沉浸在美妙的琴声中，乃至星稀夜深了。末二句写诗人听琴曲后的感受。李颀任新乡县尉，河南新乡靠近淮河，离京城长安较远，故称自己"清淮奉使千余里"。"敢告"句谓敬告白云青山，我动回乡归隐之念了。叙事、写景与抒怀，交相辉映，浑然一体。

再看李白《听蜀僧濬弹琴》：

蜀僧抱绿绮，西下峨眉**峰**。为我一挥手，如听万壑**松**。
客心洗流水，余响入霜**钟**。不觉碧山暮，秋云暗几**重**。

这首五言律诗颔联似对不对，如行云流水般的一气宛转，流畅自然。“绿绮”，琴名，相传司马相如有绿绮琴。司马相如是蜀人，首句蜀僧抱绿绮，非常贴切。颔联写琴声，如万壑松涛。琴曲有《风入松》，浑厚洪亮，像松涛一样此起彼伏。颈联写听觉感受的变化，像听了高山流水曲调一样，诗人客中情怀为之一洗，得到了慰藉。古有“霜降则钟鸣”的说法，故称钟声为“霜钟”。“余响”句谓琴声的余韵与远处的钟鸣相谐和。尾联也是写听觉感受，听得入神，不知不觉地到了黄昏，秋云暗淡下来。琴声没有形象，诗人从听觉感受的角度着笔，以比喻手法展开想象，写听琴时心理感受的变化，化无形为有形。听音乐的奥秘就在于能迅速地把旋律转化为画面。如常建《江上琴兴》中间四句“泠泠七弦遍，万木澄幽阴。能使江月白，又令江水深”，所谓江月白、江水深，是听琴之后心地澄澈才可浮现的境界。

有的诗篇，字面是咏琴，实则另有寄托。如刘长卿的《听弹琴》：

泠泠七弦上，静听松风寒。
古调虽自爱，今人多不弹。

首二句，用“松风寒”比喻琴声之凄凉清澈。后二句是议论，感慨世风趋俗，黄钟毁弃，瓦釜雷鸣，也凸显了诗人超脱凡俗的审美情趣和孤高不群的精神品格。刘长卿《客舍赠别韦九建赴任河南韦十七造赴任郑县就便觐省》“清琴有古调，更向何人操”二句，有水清则无鱼、曲高则和寡的慨叹。刘长卿诗集里有一首五律《幽琴》：“月色满轩白，琴声宜夜阑。飗飗青丝上，静听松风寒。古调虽自爱，今人多不弹。向君投此曲，所贵知音难。”似是一首投赠诗，与《听弹琴》重复了三句，或是五律截为五绝，或是五绝衍为五律。今人学诗，这不失为一种起步的方法。

唐人《钗小志》记载一则故事：“郭暧宴客，有婢镜儿，善弹筝，姿色绝代。李端在座，时窃寓目，属意甚深。暧觉之，曰：‘李生能以弹筝为题，赋诗娱客，吾当不惜此女。’”李即席口号一绝。“暧大称善，彻席上金玉酒器，并以镜儿赠李。”李端《听筝》写的就是这位侍婢镜儿吧：

鸣筝金粟柱，素手玉房**前**。
欲得周郎顾，时时误拂**弦**。

前二句简笔勾勒出一弹筝少女来，后二句用“曲有误，周郎顾”的典故，巧妙点出弹筝少女的小心思，令人莞尔。

与一般人通常侧面写琴声不同，韩愈偏偏要迎难而上，正面描写琴声。韩愈《听颖师弹琴》：

昵昵儿女**语**，恩怨相尔**汝**。划然变轩**昂**，勇士赴敌**场**。浮云柳絮无根蒂，天地阔远随飞**扬**。喧啾百鸟群，忽见孤凤**凰**。跻攀分寸不可上，失势一落千丈**强**。嗟余有两耳，未省听丝**篁**。自闻颖师弹，起坐在一**床**。推手遽止之，湿衣泪滂**滂**。颖乎尔诚能，无以冰炭置我**肠**。

（明）仇英绘《百美图卷》（局部）

美人抚琴，神情专注，听者娴静安谧，若有所思，沉浸于美妙的音乐境界。而李端笔下的弹筝少女却意在弦外。

（明）杜堇绘《古贤诗意图卷》（局部）

画家根据韩愈《听颖师弹琴》诗意所绘，听者难以自持，示意琴师住手。

这首诗把琴声转为视觉形象加以铺陈。首二句写琴声像儿女窃窃私语，文字声韵轻柔细腻；次二句写琴声陡转，像勇士赴战场，气势轩昂，文字声韵洪亮鞺鞳。这四句达到声情和辞情的完美一致。接下来描摹琴声像柳絮在天地间曼妙飞舞，像百鸟啁啾，在一片嘈杂声中，一支旋律悠然而起，众声皆停。旋律越来越高，越来越高，忽然一落千丈，又跌入低沉。纵横变化，起伏抑扬，不主故常。从“嗟余”句以下写听琴的感受，情感随着琴声跌宕起伏，坐立不定，心肠忽冷忽热，感动得诗人泪水滂沱，乃至实在听不下去，推手让颖师停下来。韩愈此诗真切地描摹琴曲，写出听琴时强烈、难以自持的心理共鸣状态，是听琴诗中不可多得的上品。据说苏轼特别欣赏韩愈这首诗。

唐代士子参加科举考试需要作诗，称为“试律诗”，一般是五言六韵十二句，格律要求很严。唐玄宗天宝十载（751）进士考试，命题作诗，题目就是“湘灵鼓瑟”，取自《楚辞·远游》。钱起以神来之笔作了《省试湘灵鼓瑟》，不仅使他一举中了进士，还流传千古，成为他的代表作。

善鼓云和瑟，常闻帝子**灵**。冯夷空自舞，楚客不堪**听**。
苦调凄金石，清音入杳**冥**。苍梧来怨慕，白芷动芳**馨**。
流水传潇浦，悲风过洞**庭**。曲终人不见，江上数峰**青**。

进士考试由尚书省主持，故称“省试”。按说考场命题作文难得见好，但钱起一鸣惊人。湘灵是湘水之神，传说舜之二妃自沉湘水而死，化为女神，善鼓瑟。以这个题材作诗，要借鉴

《楚辞》神奇瑰丽的色彩和《离骚》哀怨的情绪氛围。首联点题，常常听闻湘娥帝子的神灵善于鼓瑟。“云和”，山名，古人取其材制作琴瑟。“冯夷”，水神。水神因美妙的瑟曲而起舞，但一个“空”字已透出几许悲伤的情绪，远游至楚的骚客不忍卒听。“苦调”二句正面写鼓瑟，忽而悲伤，连无生命的金石也为之感动；忽而清亮高亢，响彻云霄。“苍梧”二句侧面写鼓瑟，安息于楚地苍梧之野的舜帝之灵也如怨如慕，楚地的白芷也因乐曲的感动而散发芬芳。数句发挥想象和夸张，视觉、嗅觉与听觉相通，把湘灵鼓瑟那美妙哀怨的旋律的艺术感染力写得活灵活现。乐曲渐至尾声，顺着流水传到湘江，化作悲风飞过洞庭湖。曲声终寂，不见鼓瑟的湘水女神，只有几座山峰静静矗立，似还沉浸在绕梁余音的奇妙之中。落句含思，营造了一种凄迷怅惘的氛围，含不尽之意，令人于言外咀嚼。相传二句得于考前的梦中，真可谓神来之笔。“江上数峰青”一句被唐宋人诗词经常化用。

杜甫大约很少有心情欣赏音乐，他吟咏音乐的诗歌很少。即使表面是吟咏歌舞，实际上另有更为深刻的含义。如《赠花卿》：

锦城丝管日纷纷，半入江风半入云。

此曲只应天上有，人间能得几回闻。

“花卿”，即花敬定。上元二年（761），梓州刺史段子璋叛乱，成都尹崔光远率将花敬定平复之。但是花敬定恃功自傲，在蜀多次僭用天子礼乐。古代的礼乐是具有明确等级制度的，如《论语·八佾》：“孔子谓季氏：‘八佾舞于庭，是可忍也，孰不可忍也！’”按制，天子八佾，诸侯六，卿大夫四，士二。季桓子于其家庙舞八佾，是僭越礼制，孔子无法忍受。花敬定僭越礼乐，杜甫也不能容忍，故作此诗来讽刺他。但花敬定毕竟是朝廷有功之臣，讽刺不宜过于激切。因此诗人只赞美其乐曲的美妙（“半入江风半入云”），用正话反说的“反讽”手法。“只应”“能得”两虚词轻轻斡旋，已经逗露出对花敬定目无朝廷、僭越礼乐的规讽。讽刺之旨，闲雅渊深，超出意表，初读似是颂美，仔细咀嚼，才显出讽意，这就深得《诗经》的神髓，可以和《诗经·君子偕老》对读。

唐代是中国绘画发展的重要时期，人物、山水、花鸟画均取得较大成就。不同的艺术门类之间往往相互关涉，相互促动，出现了题画诗这一新型题材的诗歌，其中以杜甫题画诗成就最高。清人王士禛《跋声画集》曾说："六朝已来，题画诗绝罕见。盛唐如李太白辈，间一为之，拙劣不工。……杜子美始创为画松、画马、画鹰、画山水诸大篇，搜奇抉奥，笔补造化。……子美创始之功，伟矣。"鹰、马雄健矫捷，象征力量和自由，成为唐代画家描绘的对象，杜甫诗中也出现了相关的题咏。杜甫《画鹰》：

素练风霜起，苍鹰画作**殊**。㧐身思狡兔，侧目似愁**胡**。
绦镟光堪摘，轩楹势可**呼**。何当击凡鸟，毛血洒平**芜**。

这是一首题画诗。杜甫的题画诗常把画中之物当真物、活物来写。首二句是倒插法，突兀而起。"言此素练也，而风霜忽起，何哉？由来苍鹰画作，殊绝动人也。"（浦起龙语）接下来把画鹰当真鹰写，三四句写鹰之矫健身姿和机警神态，呼应"风霜起"。五六句写鹰振翅待飞，做好搏击长空的准备，引起下句。七八二句，收结五六句，什么时候可以凌空搏击，驱除凡鸟，净扫尘沙？语气紧健。"乘风思奋之心，疾恶如仇之志，一齐揭出。"（浦起龙语）此诗一般认为是杜甫年轻时的作品，咏物

（明）黄凤池辑《唐诗画谱》（局部）

画家根据杜甫《画鹰》诗意所绘，鹰的矫健身姿和机警神态呼之欲出。

以言志，其中鹰的形象寄寓了年轻的杜甫期望振臂高举、大展鸿图，以扫除邪恶的雄心壮志。

王维不仅是著名的诗人，也是大画家，被尊为文人画的鼻祖，可惜其绘画真迹已不存于世，但从当时人的题画诗可知大概。中唐诗人张祜曾见到王维画的山水屏风，题了两首诗，其中第一首中间四句曰："日月中堂见，江湖满座看。夜凝岚气湿，秋浸壁光寒。"可见屏风所绘，乃日月、江湖、秋夜等景象。我们看张祜《题王右丞山水障二首》其二：

右丞今已殁，遗画世间**稀**。咫尺江湖尽，寻常鸥鸟**飞**。
山光全在掌，云气欲生**衣**。以此常为玩，平生沧海**机**。

颔联的"咫尺""寻常"都是指画幅之短，但咫尺而有万里之势，只觉画面中鸥鸟上下翻飞。颈联也是形容绘画之逼真，王维《山中》"山路元无雨，空翠湿人衣"是写实景，这里"云气欲生衣"，则是画景、虚景，画中的云气迷蒙，似乎从诗人的衣襟间生起，诗人似置身于画中境界。尾联抒写诗人玩赏此山水屏风而心生归隐江海的意趣。《列子·黄帝》载："海上之

（明）杜堇绘《古贤诗意图卷》（局部）

画家根据韩愈《桃源图》诗意所绘，人物观画的场景与张祜观画而作诗的场景颇类似。

人有好沤（通“鸥”）鸟者，每旦之海上，从沤鸟游，沤鸟之至者百住（通“数”）而不止。其父曰：‘吾闻沤鸟皆从汝游，汝取来，吾玩之。’明日之海上，沤鸟舞而不下也。”鸥鸟忘机，即源于此。

金陵是六朝古都，烟水繁华之地，但在这里上演了一幕幕家国悲剧，它在中国政治史、文化史、精神史上的特殊意义，可谓一言难尽。晚唐高蟾《金陵晚望》有“世间无限丹青手，一片伤心画不成”句，可韦庄偏偏不信，他曾见到六幅《金陵图》，并题诗其上。《金陵图》诗曰：

谁谓伤心画不**成**，画人心逐世人**情**。

君看六幅南朝事，老木寒云满故**城**。

这是一首翻案诗。第一句是针对高蟾诗而说的，第二句补充第一句，如果画家的心思只是迎合世人心理，那的确是“画不成”金陵之伤心的。第三句转笔题眼前的六幅《金陵图》，第四句正面题图画，老木寒云，萧飒凄清，不言伤心，而伤心之意已在言外。

总体上来说，唐人题咏音乐的诗歌数量要多于题画诗，题画诗刚刚起步，水平不高，只有杜甫的题画诗堪称一绝。“其法全在不粘画上发论，如题画马画鹰，必说到真马真鹰，复以真马真鹰开出议论，后人可以为式。”（沈德潜《说诗晬语》）

四 唐诗的体裁与近体诗的格律

1. 唐诗的体裁

我国古代的诗歌，从形式上可分为古体诗和近体诗。古体诗（或称“古诗”）根据句式的长短，分为四言、五言、七言、杂言，也有少数的六言诗。《诗经》以四言为主，雅润和平。五言句式起源很早，但是作为一种诗体，成熟于汉代。《古诗十九首》是五言诗体成熟的标志，刘勰《文心雕龙·明诗》称之为“五言之冠冕”，钟嵘《诗品》谓其“惊心动魄，可谓几乎一字千金”。《楚辞》以七言为主，多用语气词“兮”，还不是标准的七言诗体。曹丕的《燕歌行》是七言体，句句押韵。晋宋之际的鲍照创作大量的七言乐府，推动了七言诗体的发展。但是在魏晋南北朝的时候，五言诗体逐渐成为主流，七言诗体多用于俳谐唱乐的场合，还是一种比较低俗、幼稚的诗体。汉魏时期还流行着乐府这种配合着音乐的诗歌，从曹植、陆机以后，文人乐府诗与音乐渐相分离，成为徒诗。乐府或为五言，或为七言，或为三言、五言、七言混合的杂言。

古体诗没有固定的句数，可长可短，长的如《孔雀东南飞》350多句，短的如《子夜歌》只有4句；可对偶也可不对偶；押韵较为自由，可以押平声韵，也可以押仄声韵，还可以转韵。到了齐梁时期，古体诗结构越来越整饬，讲究对偶，每一联上下两句用字的平仄也有考究，逐渐向格律诗演化，终于到隋唐时期形成了近体诗（或称“格律诗”）。但是古体诗依然是唐代重要的诗体，杜甫五七言古、五七言律众体兼备；律诗特别是格律严谨的七律对于逸兴飞动的李白来说，是一种束缚，李白以五言古风和七言歌行擅场，很少作律诗，七律尤少。唐代的五言古诗是对汉魏六朝古诗的发展，初盛唐时期，名家辈出。七言古诗是到唐代才真正成熟的，以李白、杜甫、高适、岑参等成就最高。

近体诗分为律诗和绝句两类，根据句式长短，分为五言律诗、七言律诗、五言绝句、七言绝句。也有六言律诗和六言绝句，但数量远不能与五七言诗相比。为什么古、近体诗里六言诗都比较少？赵翼解释说："盖此体本非天地自然之音节，故虽工而终不入大方之家耳。"（《陔余丛考》卷二十三）五言诗的节奏可以是AA－AA－A或AA－A－AA，七言诗的节奏可以是AA－AA－AA－A或AA－AA－A－AA，六言诗只有AA－AA－AA一种，变化少，比较单调。如"柳绿更带春烟"（王维《田园乐》），少一字作"绿柳含春烟"，更为简洁，多一字作"亭前绿柳摇春烟"（皮锡瑞《孺子亭》）意象更为丰富，节奏更有变化。基于这种汉语自然美感的优劣，六言比不过五、七言，逐渐被淘汰了，文人只是偶尔为之。

律诗一般是八句，此外，唐朝科举考试的试律诗是五言六韵十二句，还有一种更长的超过十二句的排律。五言八句为五言律诗（简称五律），七言八句为七言律诗（简称七律）。五言律诗在初唐时期便已定型，一般认为沈佺期、宋之问"回忌声病，约句准篇"，对于五言律诗格律的确立发挥了重要的作用。七言律诗的发展相对滞后，到盛唐王维、李颀、杜甫手里才成熟。中晚唐诗人的创作成绩主要体现在五言律诗和七言律诗上，古体诗远不及初盛唐。律诗在对偶、声韵和平仄上都有一定的要求。

关于绝句的产生，曾有一种非常流行的说法，即绝者，截也，乃截律诗一半而成，或截前四句，或截后四句，或截首尾各二句，或截中间两联。这种说法不符合文学史实，遭到后人的反驳。六朝时期就有一类诗题为“绝句”，远在律诗定型之前，是唐代绝句的源头。

五言、七言绝句滥觞于汉魏晋时的民间歌谣。汉代和魏晋南北朝的许多歌谣乐府是五言四句或者七言四句。当时的文人如汤惠休、何逊、庾信受民间歌谣的影响，也创作了一些五言四句诗和七言四句诗。这是绝句的源头。如《玉台新咏》有吴均《杂绝句诗四首》，均是五言绝句，题目就有“绝句”二字。齐梁时期，五言四句诗和七言四句诗先后逐渐格律化，分化出符合格律规则的“律绝”；原先不符合格律规则的五七言绝句依然有人在创作，后人称之为“古绝”。律绝在押韵和平仄要求上，与律诗相同。古绝一般押仄韵，不用律句的平仄，有时不粘、不对。如柳宗元的《江雪》“千山鸟飞绝，万径人踪灭。孤舟蓑笠翁，独钓寒江雪”，“绝”“灭”“雪”是仄声字，一二句与三四句不粘。唐人五绝里古绝数量较多，七绝里古绝数量很少，大多是律绝。《唐诗三百首》选五言绝句37首，古绝有10余首；选七言绝句60首，都是律绝，没有古绝。读者可以通过上面的介绍，判断孟浩然的《春晓》（春眠不觉晓）、王维的《杂诗》（君自故乡来）是古绝还是律绝。

总集的编纂，或以类为别，如萧统《文选》；或以人为纲，如殷璠《河岳英灵集》；或按体编排，如这部《唐诗三百首》。《唐诗三百首》是分体编排的，依次为五言古诗、七言古诗、五言律诗、七言律诗、五言绝句、七言绝句，共六体，每一体之下，以诗人为目，大致依时为序，可谓纲举目张。这种按体编排的方式，适合于蒙学读本，便于学习模拟。

古人学诗非常重视“辨体”，即辨别体制。古体迥异于律体，五古与七古也有不同的体制要求，五古雅致流丽，七古句语浑雄、格调苍古。同样是律诗，五律温厚平远，七律高华典雅；五绝语近情遥，含吐不露，七绝则风神骀荡，浑然超妙。作诗不违背诗体的风格规范，才算“得体”。古人学诗，先模仿古体，后学律体。因此《唐诗三百首》采取分体编排，不仅符合古代诗体发展规律，也方便读者效法模仿。

《唐诗三百首》中的古、律诗又包含若干首乐府，如五言古诗里王昌龄《塞上曲》、孟郊《游子吟》等7首是乐府，七言古诗里高适《燕歌行》、杜甫《哀王孙》等14首是乐府，七言律诗里沈佺期《独不见》是乐府，五言绝句里崔颢《长干行》、李益《江南曲》等8首是乐府，七言绝句里王维《渭城曲》、杜秋娘《金缕衣》等9首是乐府。汉魏六朝乐府是唐人古体、律体的重要源头，如沈佺期《独不见》，既合乎七律规则，又不失乐府的婉转流畅；崔颢《长干行》、李益《江南曲》等五绝的体制源自晋代《子夜歌》；王维《渭城曲》、杜秋娘《金缕衣》等七绝当时就协乐可歌。孩童学诗，可借乐府之风神流动消解律诗的板滞不灵。《唐贤三昧集》选诗300余首，五七言律绝占多数，五言律诗达80首，是重中之重，多格律严谨。这是有意识导引学童通过讽诵典范之作来掌握唐诗近体的格律规则。

2. 近体诗的格律

近体诗的格律，元明以后有很多讲究，拗救之类，规矩很多，越讲越严，对于创作者是自缚手脚。其实唐人并没有提出那么多的规则，只能说“大体则有，定体则无”。今人读《唐诗三百首》，主要还是应该尽可能依据唐人的说法，了解近体诗最基本的格律规则。

唐诗汉字音调分平仄。唐人作诗依《切韵》《唐韵》为标准，但二书后均失传。南宋末年的平水（今山西临汾）人刘渊在前人基础上编著新的韵书，将韵部简化为106部，称为“平水韵”。后人一般根据“平水韵”分析唐诗音韵。汉字的声调，古人分平、上、去、入四声，如“天子圣哲”即四个声调。唐人近体诗只分平仄两类，上、去、入归入仄声。按今天的普通话，阴平（一声）、阳平（二声）是平声，上声（三声）、去声（四声）是仄声。麻烦的是古代的入声字，自《中原音韵》后就派入三声，在普通话里不容易分辨。如黑、息、毒、独、急、七、节、敌、疾、即、昔、出、仆、夺等字，今天都是平声，古代是入声字，算仄声。南方人根据方言或许能辨别出来，“入声短促急收藏”（《乐府传声·辨四音诀》）；如果根据普通话辨别入声字就比较困难。还有一些字，古今读音不同，古代可平可仄，如“过”“醒”“看”古人有时读平声。这些都需要慢慢积累，逐渐掌握。

汉语音节有节奏点。汉字独体成字，独字成词，一般是两个音节构成一个节奏单位，重心在后面一个音节上，即是节奏点。汉语里四字成语特别多，四字成语是由两个节奏单位构成的，一般是第二、四两字节奏点平仄相对，如：巧夺天工（仄**仄**平**平**）、中流砥柱（平**平**仄**仄**）、卧薪尝胆（仄**平**平**仄**）、忐忑不安（仄**仄**仄**平**）等，“异音相从谓之和”（刘勰《文心雕龙·声律》），平仄相对，听起来较为谐和。也有少数不符合这个规则的，如：前仆后继（平仄仄仄）、任重道远（仄仄仄仄）、肝胆相照（平仄平仄）。平仄相对的四字成语，增加一个音节，就是五言律句，如“水木清华”（仄仄平平）可变成“水木湛清华”（仄仄仄平平）；再于前面加上两个音节，就是七言律句，如“翳然水木湛清华”（仄平仄仄仄平平）。古人总结说：“一三五不论，二四六分明。”第二、第四、第六字在节奏点上，应该是平、仄、平，或仄、平、仄，这样有变化，声调才谐和。上面的例子如果改为“翳翳水木湛清华”，那么第二、四、六字翳、木、清是仄、仄、平，就不符合“异音相从谓之和”的要求，不好听。元好问绝句“深山水木湛清华”，第二、四、六字为山、木、清，是平、仄、平，符合规则。“谢公最小偏怜女”（仄平仄仄平平仄），按语意应该是“谢公偏怜最小女”（仄平平平仄仄仄），为了符合律诗的句式才做出调整。同样，“孤城遥望玉门关”按语意是“遥望孤城玉门关”，为了格律而调整语序。有时第六字可灵活一点儿；第一、三、五字不在节奏点上，一般可以不论。但是律句一般忌讳“孤平”和“三平调”。在非结尾处孤零零一个平声字即是孤平，如“仄平仄仄仄”（摘花不插发），“花”字孤平，在古体诗中没问题，在律体中它前后的仄声字最好改一个为平声，避免孤平。结尾处连续三个平声字即“三平调”，如“此曲哀怨何时终”（仄仄平仄平平平），不仅第二、第四字都是仄声，且末尾三平调，这是古诗句法，不是律诗句法。律诗遇到这类句式，需要通过第一、三、五字的平仄变化以避免。《唐诗三百首》所选近体诗，均无“孤平”和“三平调”的毛病，可见选者严格遵守近体诗的格律。

律诗有基本句式。就一句来说，五律的句式有仄仄平平仄（仄起仄收式）、平平仄仄平（平起平收式）、平平平仄仄（平起仄收式）、仄仄仄平平（仄起平收式）；七律的句式有平平仄仄平平仄、仄仄平平仄仄平、仄仄平平平仄仄、平平仄仄仄平平。就一联来说，要求上下句平仄相对。五律的一联通常是“仄仄平平仄，平平仄仄平”，或者“平平平仄仄，仄仄仄平平”。七律的一联通常是“平平仄仄平平仄，仄仄平平仄仄平”，或者“仄仄平平平仄仄，平平仄仄仄平平”。首句入韵的，末字为平声，须略作调整，如五律首句入韵，则首联可作“仄仄仄平平，平平仄仄平”，或“平平仄仄平，仄仄仄平平”。律诗的一句一联一般都遵守这个平仄规则。不遵守这个规则的，是古诗句法，而不是律诗句法，如杜甫《赠卫八处士》“少壮能几时，鬓发各已苍”（仄仄平仄平，仄仄仄仄平），本句内第二、四字没有做到平仄相对，上下句也没有做到平仄相对，音节雷同，这是古诗句法，而不是律句。

律诗讲究上下联之间的“粘”。如果仅仅注意于一联内部的平仄，还避免不了上下两联的音节雷同。如谢朓的《铜雀悲》:

落日高城上，余光入穗**帷**。
仄仄平平仄　平平仄仄平
寂寂深松晚，宁知琴瑟**悲**。
仄仄平平仄　仄平平仄平

一二句、三四句内部做到"对"，但是一二与三四的格律是重复的，不好听。所以唐人不仅要求近体诗一联内平仄相对，还要求上一联与下一联之间相"粘"。"粘"指下一联出句（上句）的第二字要跟上一联对句（下句）的第二字平仄相同。如唐玄宗《经邹鲁祭孔子而叹之》：

夫子何为者，栖栖一代**中**。
平仄平平仄　平平仄仄平
地犹鄹氏邑，宅即鲁王**宫**。
仄平平仄仄　仄仄仄平平
叹凤嗟身否，伤麟怨道**穷**。
仄仄平平仄　平平仄仄平
今看两楹奠，当与梦时**同**。
平平仄平仄　平仄仄平平

"栖"与"犹"均是平声相粘，"即"与"凤"均是仄声相粘，"麟"与"看"均是平声相粘。七言律诗如崔颢《行经华阴》：

岧峣太华俯咸**京**，天外三峰削不**成**。
平平仄仄仄平平　平仄平平仄仄平
武帝祠前云欲散，仙人掌上雨初**晴**。
仄仄平平平仄仄　平平仄仄仄平平
河山北枕秦关险，驿树西连汉畤**平**。
平平仄仄平平仄　仄仄平平仄仄平
借问路旁名利客，何如此地学长**生**。
仄仄仄平平仄仄　平平仄仄仄平平

这是标准的七律格式。（1）一句内部第二、四、六字做到平、仄、平，或仄、平、仄。（2）一联两句内的节奏点上的字做到平仄相对。（3）联与联之间能“粘”，即“外”与“帝”、“人”与“山”、“树”与“问”平仄相同。

当然平仄不够规范的格律诗也是存在的，比如崔颢《黄鹤楼》：

昔人已乘黄鹤去，此地空余黄鹤**楼**。
仄平仄仄平仄仄　仄仄平平平仄平
黄鹤一去不复返，白云千载空悠**悠**。
平仄仄仄仄仄仄　仄平平仄平平平
晴川历历汉阳树，芳草萋萋鹦鹉**洲**。
平平仄仄仄平仄　平仄平平平仄平
日暮乡关何处是？烟波江上使人**愁**。
仄仄平平平仄仄　平平平仄仄平平

第一、三句都不符合“异音相从”“二四六分明”的要求，第四句是三平调。

唐人近体诗“失粘”的情况也偶尔可见。如王维《渭城曲》：

渭城朝雨浥轻**尘**，客舍青青柳色**新**。
仄平平仄仄平平　仄仄平平仄仄平
劝君更尽一杯酒，西出阳关无故**人**。
仄平仄仄仄平仄　平仄平平平仄平

一二句和三四句平仄基本雷同。这首诗在唐代就被谱曲传唱，明人认为这是乐府曲，可以通融。《唐诗三百首》归入“七言绝句之乐府类”。但是，如韦应物《滁州西涧》：

独怜幽草涧边**生**，上有黄鹂深树**鸣**。
仄平平仄仄平平　仄仄平平平仄平
春潮带雨晚来急，野渡无人舟自**横**。
平平仄仄仄平仄　仄仄平平平仄平

也是“失粘”的，后人称之为“折腰体”。任何规则都有例外，唐人近体格律也是如此，今人应该了解这种规则。写作的时候，为了达意的需要，不妨稍有突破。

律诗一般押平声韵。仄韵五律、七律、七绝都很少见，五言古绝一般押仄声韵。律诗要求全首通押一韵，一韵到底，中间不得换韵。前面引的孟浩然七言古体诗《夜归鹿门歌》中间转韵，这在律诗里是不允许的。律诗第二、四、六、八句同押一韵，首句可押，也可不押，七律、七绝以首句押韵为多见。如果首句不押韵，那么第一、三、五、七句末字应为仄声字。举王维《归嵩山作》为例：

清川带长薄，车马去闲**闲**。
平 平 仄 平 仄　平 仄 仄 平 平
流水如有意，暮禽相与**还**。
平 仄 平 仄 仄　仄 平 平 仄 平
荒城临古渡，落日满秋**山**。
平 平 平 仄 仄　仄 仄 仄 平 平
迢递嵩高下，归来且闭**关**。
平 仄 平 平 仄　平 平 仄 仄 平

这首诗押平声删韵，韵脚字为“闲”“还”“山”“关”，首句不入韵。第一、三、五、七句末字“薄”“意”“渡”“下”都是仄声字。读者在读唐人诗歌时应该注意韵脚和平仄。

律诗还要求对偶（对仗）。四联（首联、颔联、颈联、尾联）全对者较少，杜甫《登高》是一例。通常是中间二联对偶。但有时是首联对偶，颔联不对偶，如王勃《送杜少府之任蜀州》：

城阙辅三**秦**，风烟望五**津**。
平 仄 仄 平 平　平 平 仄 仄 平
与君离别意，同是宦游**人**。
仄 平 平 仄 仄　平 仄 仄 平 平
海内存知己，天涯若比**邻**。
仄 仄 平 平 仄　平 平 仄 仄 平
无为在歧路，儿女共沾**巾**。
平 平 仄 平 仄　平 仄 仄 平 平

有时是颔联不对偶，首联、尾联也不对偶，只有颈联对偶，如杜甫五律《月夜》只有颈联“香雾云鬟湿，清辉玉臂寒”是对偶的。

上面两种情况在初盛唐如王维、孟浩然的五言律诗中较为常见。如孟浩然《早寒有怀》只有颈联是对偶的：

木落雁南渡，北风江上**寒**。
仄 仄 仄 平 仄　仄 平 平 仄 平
我家襄水曲，遥隔楚云**端**。
仄 平 平 仄 仄　平 仄 仄 平 平
乡泪客中尽，孤帆天际**看**。
平 仄 仄 平 仄　平 平 平 仄 平
迷津欲有问，平海夕漫**漫**。
平 平 仄 仄 仄　平 仄 仄 平 平

最为极端的四句全不对偶，如李白《夜泊牛渚怀古》：

牛渚西江夜，青天无片**云**。
平 仄 平 平 仄　平 平 平 仄 平
登舟望秋月，空忆谢将**军**。
平 平 仄 平 仄　平 仄 仄 平 平
余亦能高咏，斯人不可**闻**。
平 仄 平 平 仄　平 平 仄 仄 平
明朝挂帆席，枫叶落纷**纷**。
平 平 仄 平 仄　平 仄 仄 平 平

还有诗僧皎然访“茶圣”陆羽的《寻陆鸿渐不遇》：

移家虽带郭，野径入桑**麻**。
平 平 平 仄 仄　仄 仄 仄 平 平
近种篱边菊，秋来未著**花**。
仄 仄 平 平 仄　平 平 仄 仄 平
扣门无犬吠，欲去问西**家**。
仄 平 平 仄 仄　仄 仄 仄 平 平
报道山中去，归时每日**斜**。
仄 仄 平 平 仄　平 平 仄 仄 平

历代各种唐诗选本都把它们归入五言律诗，因为它们的平仄粘对是符合规则的。可见律诗有一条“格律优先”的原则，即使不对偶，或对偶不工整，只要符合格律，还是算为律诗。李白才气超逸，是格律束缚不住的。孙洙赞叹《夜泊牛渚怀古》：“以谪仙之笔作律，如豢龙于池沼中，虽勺水无波，而屈伸盘拿，出没变化，自不可遏，须从空灵一气处求之。”既然李白都开了这个头，我们后人又不是作试律诗，还有必要作茧自缚吗？

绝句可以四句不对；也可以一二句对，三四句不对；或者一二句不对，三四句对偶。比较特别的是杜甫的一些五绝、七绝，四句两两对偶，好像律诗的中间两联，较为呆板不灵便。五绝如“迟日江山丽，春风花草香。泥融飞燕子，沙暖睡鸳鸯”（《绝句二首》其一）；七绝如“两个黄鹂鸣翠柳，一行白鹭上青天。窗含西岭千秋雪，门泊东吴万里船”（《绝句》），像四个钉子钉得死死的，不符合绝句一气流走的审美要求，所以后人称杜甫绝句为变调。《唐诗三百首》于杜甫五绝、七绝各选一首，聊胜于无，大约是从格律角度考虑的。

跟格律有点儿关系的是元代人总结出的“起承转合”论。不管绝句四句还是律诗四联，须有内在的联系，一气贯注。古人把格律诗比喻为常山之蛇，击其首则尾应，击其尾则首应，就是这种一气旋折之妙。孙洙在批点时对此格外重视。起承转合没有固定模式，令人细细体会便能得之。如金昌绪《春怨》：

打起黄莺**儿**，莫教枝上**啼**。
啼时惊妾梦，不得到辽**西**。

古人赞此诗“意脉贯通”“意连句圆”，就是指其中“起承转合”之妙。再如王昌龄《闺怨》：

闺中少妇不知**愁**，春日凝妆上翠**楼**。
忽见陌头杨柳色，悔教夫婿觅封**侯**。

孙洙评说："偏先着此'不知愁'三字，返起下文。"因为不知愁，所以"春日凝妆上翠楼"，次句是承。第三句"忽见"春色，是转，自然生出最后一句"悔教夫婿觅封侯"，是合，是主旨所在。通篇一气流走，宛如神行。

起承转合，不是机械地对应一二三四句或一二三四联，可自由地变化运用。今人写诗须懂得起承转合，运用得好，则"圆美流转如弹丸"（谢朓语），而有神气行乎其中，这样的诗才是活物。

《唐诗三百首》与唐诗的经典化 五

诗歌产生后，有了读者的欣赏与传播，进入了流通的环节，才真正获得生命。只有被当时与后世读者接受，诗歌才能实现真正的意义和价值。而选本在唐诗的传播和接受过程中尤其发挥着重要的作用。

1. 历代唐诗选本举要

存世最早的唐诗选本是殷璠的《河岳英灵集》。该选本融论、品、选于一体，主体部分选录盛唐开元、天宝年间常建、王维、王昌龄、储光羲等 24 人诗作 234 首，并于每位诗人名下有一段品评文字，评论诗人的性格气质、生平遭际、创作风貌。殷璠概括盛唐诗歌的特征是："言气骨则建安为俦，论宫商则太康不逮。”秉承建安风骨的刚健明朗，又自觉地追求声律之美。

殷璠之后，唐人选唐诗还有高仲武《中兴间气集》、元结《箧中集》、令狐楚《御览诗》、芮挺章《国秀集》、姚合《极玄集》、韦庄《又玄集》、无名氏《搜玉集》、韦縠《才调集》。这些选本的取舍与后代人的唐诗观念有一定的差异。比如李白、杜甫诗歌，唐代诗歌选本就少有选入的，至少可以说明李白、杜甫诗歌的经典性地位在唐代并没有形成。

宋代著名的唐诗选本，首推王安石编选的《唐百家诗选》，选104位诗人1200多首诗，以律诗、绝句为主，偏重于中晚唐。王安石在序中很自负地说：“欲知唐诗者，观此足矣。”其实去取颇为任意，如不选李白、杜甫、韩愈，还可以搪塞说他曾经选了这三人加上欧阳修的诗歌编了一部《四家诗选》，但是连王维、韦应物、元稹、白居易、刘长卿、柳宗元、孟郊等重要诗人也未入选，特别是中唐张籍与王建以乐府诗齐名，合称“张王乐府”，他选了王建诗92首，张籍一首未选——不管这位“拗相公”审美趣味多么特别，这都是说不过去的。一般的解释，是他根据同僚宋次道家的藏本挑选的，可能宋次道家

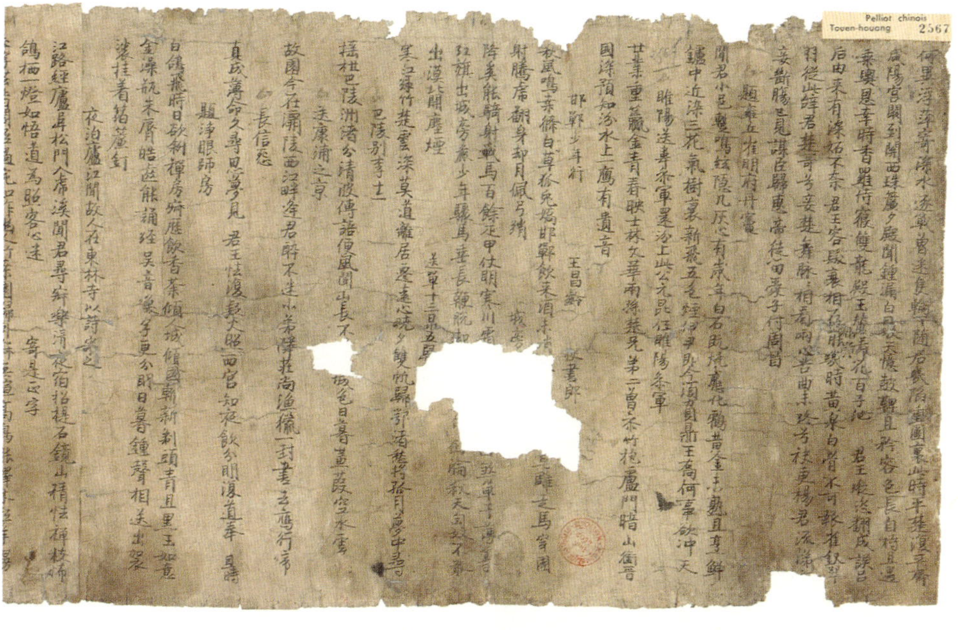

唐人选唐诗（敦煌写本残卷）

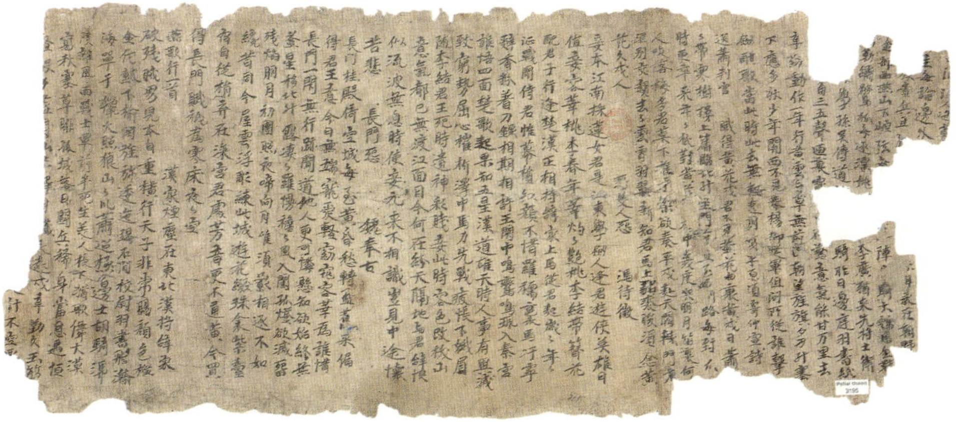

唐诗丛钞（敦煌写本残卷）

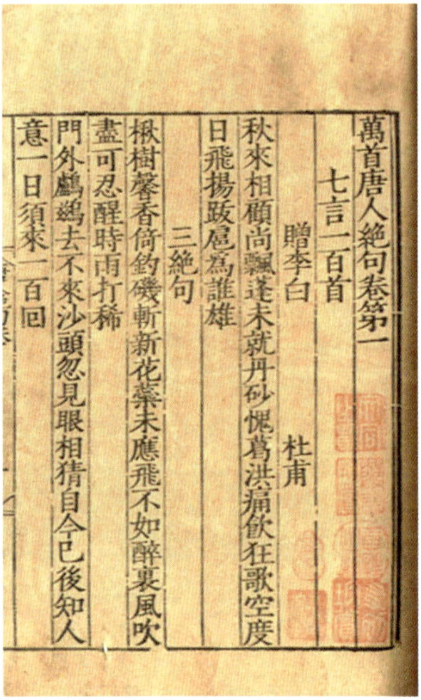
萬首唐人絕句卷第一
七言一百首
贈李白　杜甫
秋來相顧尚飄蓬未就丹砂愧葛洪痛飲狂歌空度
日飛揚跋扈爲誰雄
三絕句
楸樹馨香倚釣磯斬新花蘂未應飛不如醉裏風吹
盡可忍醒時雨打稀
門外鸕鷀去不來沙頭忽見眼相猜自今已後知人
意一日須來一百回

《万首唐人绝句》书影（明嘉靖间刻本）

所藏唐人诗集有限，所见不广，因而顾此失彼。

另一部唐诗选本是宋人洪迈的《万首唐人绝句》100卷，专选唐人绝句，近万首，其中七绝75卷，五绝25卷。旨在存诗，不重甄选，几乎逢诗辄录，传奇、笔记、碑铭中的绝句也在甄选之列，具有保存文献传诸后世之功。但也阑入一些宋人绝句，甚至误收了梁人何逊、陈代沈警之作。至清代，王士禛晚年对洪迈选本严加删汰，再删选为《万首唐人绝句选》，总计895首，其中七绝668首，五绝227首，不足原书的十分之一，可见汰选之严格精审。

《唐三体诗》6卷，是南宋周弼的一部唐诗选本。所谓“三体”，指近体诗中的七言绝句、七言律诗、五言律诗。入选者大多为中晚唐人，盛唐诗人以王维（16首）、岑参（12首）较多，中晚唐以杜牧（18首）、许浑（14首）、李商隐（9首）居多。盛唐如王昌龄被称为“七绝圣手”，也只选七绝2首；李商隐七律精工富丽，选其七律5首。就唐人的创作实际来看，中晚唐时期律体已经成熟，大有代替古体成为典范诗体之势，不仅作者众多，作品繁盛，而且一般都精致匀饬，有章法可循。因此周弼选诗略初盛唐而详中晚唐也是很自然的。周弼论诗重视章法结构，认为景为实、情为虚，律诗的情景关系可分为四实、四虚、前虚后实、前实后虚等。其实诗歌的法度，大体则有，定体则无。周弼所论也只是大体，帮助我们品读前贤用思运意，至于诗人作诗的刹那间，倒不必拘泥于这些框套。

元代诗坛，宗唐诗风渐趋主流。需要有一部唐诗选本以示人典范，供人研习揣摩，杨士弘的《唐音》于是应运而生。《唐音》录诗1341首，将整个唐代诗歌的历程概括为“始音”“正音”“遗响”三部分，包括五、七言古、律、绝各种诗体，“审其音律之正变，而择其精粹”，确立了明确的选择标准。总体上崇尚盛唐，但对于中晚唐诗，并非一概排斥，而那些怪险、庸俗、寒苦、靡丽、刻削之作则被逐出“正音”之外。崇尚盛唐但不排斥中晚唐，是元代唐诗学的基本倾向。

明代最著名的唐诗选本，是洪武年间高棅编选的《唐诗品汇》，凡 90 卷，通得诗人 620 人，诗 5 700 余首，分体编选，是一部大型的唐诗选本。高棅与严羽是福建同乡，他秉承严羽把唐诗分为唐初体、盛唐体、大历体、元和体、晚唐体的做法，稍加修改，第一次提出初、盛、中、晚的“四唐说”，为后代所接受。高棅把唐诗的发展历程概括为正始、正宗、大家、名家、羽翼、接武、正变、余响。杜甫被推举为“大家”；陈子昂、孟浩然、王维、李白、王昌龄、岑参、高适、崔颢、贾至、李颀、祖咏、崔曙等盛唐诗人被尊为“正宗”或“名家”：标举盛唐的用意非常明显。《唐诗品汇》对明代诗风产生了很大的影响。《明史·文苑传》称“终明之世，馆阁宗之”。自从有了严羽在理论上标举盛唐，高棅以选本的形式标举盛唐为诗歌典范，盛唐才真正被凸显出来，超越了晚唐，成为后世诗人学唐的正法眼。明代“前后七子”提倡复古运动，诗歌学盛唐，就是以《唐诗品汇》为摹本的。

《古今诗删》是李攀龙贯彻和传播格调复古诗学的一部诗选。录诗首为古逸，次为汉魏南北朝诗，再次为唐诗。唐之后，则直接继以明人诗，而不及宋、元，体现他所谓“宋元无诗”的思想。这部诗选以“删”命名，正是对孔子“删诗”精神的继承，通过“删”选来崇正抑邪，遏制颓波，是其本旨。其中的《唐诗删》采自高棅的《唐诗品汇》，连诗人诗篇排序也完全相同，体现出鲜明的黜变崇正思想。万历时期，《古今诗删》中的《唐诗删》别刊行世，名为《唐诗选》或《唐诗广选》，在晚明时期广泛盛行，表明格调复古诗学余波仍在。这部唐诗选本传至日本、朝鲜半岛，在东亚发生了较大的影响。

晚明时期的唐诗选本，以钟惺、谭元春的《唐诗归》行世最广，名声最著。钟惺明确地指出，选《诗归》要“求古人真诗所在”，“拈出古人精神”，纠正学古派“极肤、极狭、极套”和师心者的狂妄。他所谓“真诗”，偏重于主体的精神和心境，因此与格调派不同；他所谓“幽情单绪”，是偏于凄清孤幽的“寒蛩之吟”，与公安派的轻狂疏荡显然有别，有对格调、公安派诗学弊端加以反思和矫正的用意。

清代的唐诗选本，这里介绍三部。

王士禛执康熙诗坛之牛耳，一生诗学路径虽多有变化，但以提倡“神韵”说而闻名于时。他编选一部《唐贤三昧集》，录自王维而下42人诗之“尤隽永超诣者”，将“神韵”的诗歌审美理念贯彻到这部选本中。但也入选了一些雄浑悲郁、铿锵壮丽的诗篇，如王维《夷门歌》《老将行》、高适《燕歌行》、岑参《白雪歌送武判官归京》《轮台歌奉送封大夫出师西征》等，并非都是镜花水月式的虚无缥缈。

沈德潜感慨王士禛《唐贤三昧集》只遵从司空图、严羽所谓“味在酸咸之外”的意旨，无杜甫“鲸鱼碧海”、韩愈“巨刃摩天”的洪音巨响，于康熙末年和乾隆时期先后两次编选《唐诗别裁集》。所谓“别裁”，取杜诗“别裁伪体亲风雅”（《戏为六绝句》）之意，通过“选本”来正本清源，崇正黜邪，去郑存雅。沈德潜宗盛唐，但不像王士禛之偏好王维、孟浩然，他提出效法的对象首先是李白、杜甫，然后才是王维、韩愈等。在康熙、乾隆朝的文化氛围里，沈德潜遵循儒家“温柔敦厚”的诗教原则，以雅正为归，扶掖雅道。

传播范围最广，对一般读者影响最为深远的，要数蘅塘退士孙洙编选的《唐诗三百首》。

2. 白话新诗与唐诗

唐诗是诗歌史上巍巍矗立的一座文学高峰，后人难以逾越，又不得不逾越。觉得难以逾越，于是就匍匐在唐诗之下，模拟复古；有志要逾越唐人，就须像苏轼、黄庭坚那样，自出己意以为诗，有所创造。清代中后期的“宋诗派”，秉承宋人的创新精神，超越唐诗审美范型。明清还出现过学习汉魏六朝的诗歌风尚，都旨在超越唐人，避免平庸。但是，不论学六朝还是学宋人，都绕不开唐人。中国古代有不学宋诗的诗人，但是没有不读唐诗的诗人，甚至可以说，在中国没有不读唐诗的读书人。唐诗已经融汇在中华民族的文化血液里，唐诗修正了我们的感觉、思维和语言，中国文人感悟世界、认识人生、联络感情、表达自我，都受到唐诗的影响。白话新诗看似是全新的，但其中的词汇、意象，多来自唐诗。仅举一例，胡适《送任叔永回四川》第一段：

你还记得，绮色佳城，凯约嘉湖上，
山前山后，多少瀑泉奇绝，更添上远远的一线湖光；

瀑溪的秋色，西山的落日，真个无双；
还有那到枕的湍声，夜夜像骤雨打秋林一样？
那是你和我最难忘的“第二故乡”。
如今回想，
往日的交情，旧游的风景，
一半在你我的诗囊，一半在梦魂中来往。

这首诗中许多意象都来自古诗，甚至是唐诗。“到枕的湍声”，如唐人戎昱《闻笛》前四句“入夜思归切，笛声清更哀。愁人不愿听，自到枕前来”，古人常有“万里涛声到枕边”“松瀑飞流到枕边”之类诗句。“夜夜像骤雨打秋林一样”，其中“骤雨打秋林”就是标准的五言句法。最后一句“在梦魂中来往”，令人想起杜甫《梦李白》“魂来枫林青，魂返关塞黑”的诗句。甚至可以把胡适这一段新诗改写为唐诗型的五律：

山城飞瀑**泉**，湖水远光**妍**。落日多秋色，湍声到枕**边**。
他乡知己少，交友同侪**先**。今夕一为别，诗思魂梦**牵**。

我这样改写成五律，虽然是唐突了前贤，但可借以说明白话新诗与唐诗有着密切的内在联系。

3. 唐诗的经典化

《唐诗三百首》一书既是唐诗经典化的成果，也进一步推动了唐诗的经典化。说它是唐诗经典化的成果，因为它是在《万首唐人绝句》《唐诗品汇》《唐贤三昧集》《唐诗别裁集》等前代一次一次披沙拣金的选本基础上进一步选优汰劣而编成，不是直接面对《全唐诗》作首次删选。这三百余首作品是从近五万首唐诗中经历了一轮一轮选拔而最终胜出的。就像选拔运动员一样，经过县、市、省级层层淘汰，孙洙挑选出这三百多首建立了国家队。《唐诗三百首》是唐诗的精粹，体现了唐诗的特征，代表了唐诗的最高成就，与世界上任何国家的文学相媲美都毫不逊色。

说它进一步推动了唐诗的经典化，是因为《唐诗三百首》编成至今 260 年里不断地以各种形式反复出版，从出版和发行数量上说是空前绝后的，家弦户诵，远远超过其他任何唐诗选本。这国家队的三百多首诗因为《唐诗三百首》的广泛传播而成为唐诗的典范，获得了经典性地位。据不完全统计，至今出版了《唐诗三百首》250多种。章燮《唐诗三百首注疏》（1835）、陈婉俊《唐诗三百首补注》（1844）是早期的注释本，被不断再版重印。后来注本繁多，其中以喻守真《唐诗三百首详析》（1948）、金性尧《唐诗三百首新注》（1980）最为精深，二本都得到多次重印。注释本外，出现了品评、鉴赏、详析、汇评、集释、辞典、白话今译等多种出版形式，近年来还有彩图注音、名家讲解、新诗翻译、和作、各体书法、瓷绘、绘图、吟诵、电视、少儿版等多种类型，全方位地加以演绎。自清代以来，有新编、续编等多种延伸的选本，也扩大了它的影响。

《唐诗三百首》有遗珠之憾？ 六

选拔性考试，总希望天下英才尽入彀中；读《唐诗三百首》这部选本，总希望自己喜爱、大家公认的好诗赫然在列。而事实常常是，本指望一举抡元，结果却名落孙山。对于《唐诗三百首》，不少读者觉得该选的未选，有“遗珠之憾”。

1.“诗鬼”李贺缘何落选

李贺是中唐时期的著名诗人，严羽《沧浪诗话》说：“长吉之瑰诡，天地间自欠此体不得。”但《唐诗三百首》却完全未选李贺诗，招致后人的非议。李贺诗歌风格独特，褒之者赏其新奇瑰丽，贬之者斥其“牛鬼蛇神太甚”，过于诡谲奇怪，其人被称为“诗鬼”。李贺诗歌不符合孙洙兼重神韵与格调的选诗标准。

古人学诗，强调“入门须正，立志须高”。《唐诗三百首》是为孩童编选的蒙学读物，如果选李贺诗歌作为典范，容易把孩童引入歧途。孙洙选诗兼有适应乾隆时期科举试律诗的需求，试律诗为五言八韵的格律诗，《唐诗三百首》选诗以近体格律诗为主，而李贺诗歌多为乐府和古体，没有一首七律，五律不仅数量有限，而且邻韵通押，这是试律诗的大忌。李贺诗歌显然不符合试律诗须雅正、得体的要求。不选李贺诗，并非出于一时疏忽，而是有着编选者孙洙的仔细考量。

2.《春江花月夜》缘何落选

《唐诗三百首》选的是脍炙人口的唐诗，但是有一些今天已家喻户晓的诗篇也未能入选，如张若虚的《春江花月夜》。梳理《春江花月夜》的接受史可以发现，在元代之前，它一直是受冷遇的。明清以来的唐诗选本虽然选入此诗，但多视为初唐体制，如沈德潜《唐诗别裁集》评说：“犹是王、杨、卢、骆之体。”至晚清时，王闿运才高度称许这首诗“用《西洲》格调，孤篇横绝，竟为大家”（《湘绮楼论唐诗》）。闻一多在《宫体诗的自赎》一文中更是夸赞张若虚《春江花月夜》“孤篇压全唐”，是“诗中的诗，顶峰上的顶峰”，“向前替宫体诗赎清了百年的罪，因此，向后也就和另一个顶峰陈子昂分工合作，清除了盛唐的路——张若虚的功绩是无从估计的”。这只能说是一己之好，并不符合历史事实。《春江花月夜》本身是宫体诗的题目，以写艳情为正格。张若虚这首《春江花月夜》虽然摆脱了宫体诗的浓艳绮靡，但依然渲染了思妇怅望之情，情思缠绵，而格调不高。这就与孙洙的审美趣味不相符合。加之《唐诗三百首》选诗，篇幅多较为短小，略初唐而重盛唐，裁汰长达36句的七古《春江花月夜》，是在情理之中的。

3.“诗圣”杜甫也有遗珠

中学语文课本里的《茅屋为秋风所破歌》，展现出杜甫民胞物与的博大仁厚情怀，历代唐诗选本多选此篇，蒙学教材如元代胡炳文《纯正蒙求》把它与同是以济人爱物为主题的白居易《新制布裘诗》并列，称为“白裘万里、杜厦千间”。关怀民间疾苦的孙洙，是偏爱杜甫诗的，选了 36 首，还选了杜甫的《兵车行》、元结的《贼退示官吏》等现实性诗篇，却忽略了《茅屋为秋风所破歌》。如果要说《唐诗三百首》有“遗珠之憾”，那这是其中之一吧。

七 唐诗的域外传播

历史上的中国文化早熟而发达，对于周边国家具有强大的吸引力和辐射力，日本、朝鲜半岛很早就派遣使臣来华，开展文化交流。近代随着全球化愈演愈烈，中国文化开始对欧美国家产生影响。

1. 唐诗与东亚汉文化圈

唐朝时期，跟随日本遣唐使来了一些日本僧人和诗人，在大唐求经学佛，与唐朝诗人诗酒唱和、流连往还，建立了深厚的友谊，也把大唐诗歌文化带回日本。其中最著名的是日本奈良时代的阿倍仲麻吕，开元五年（717）入唐，请从诸儒授经。他歆慕中国文化，改名晁衡，留了下来，还担任左补阙一职，滞留大唐37年，于天宝十二载（753）回国，长安诗人王维、包佶、赵骅等纷纷作诗送行。晁衡船队在海上遇到风暴，误传溺死，李白听得噩耗作《哭晁卿衡》绝句："日本晁卿辞帝都，征帆一片绕蓬壶。明月不归沉碧海，白云愁色满苍梧。"其实，晁衡大难不死，漂流到越南后获救，返回长安，死后葬在长安，最终未能回到日本。

差不多同时，日本还派长屋相国来中国，他制作一千套袈裟，在衣缘绣上偈语"山川异域，风月同天。寄诸佛子，共结来缘"，施给中国。2020年2月，爆发疫情，日本汉语水平考试事务所向湖北高校捐赠一批抗疫物资，外包装标签上写着"山川异域，风月同天"八个字；还有一批物资上，写着王昌龄的诗句"青山一道同云雨，明月何曾是两乡"。唐诗再次谱写了中日友谊的温馨乐章。有感于长屋相国的友情，鉴真和尚漂洋过海，东渡至日本传授佛法，成为中日文化交流史上的佳话。唐德宗贞元年间，日本和尚遍照金刚来中国，回国时带去大量唐人论诗的著作，后编成唐人诗格汇编类著作《文镜秘府论》，被奉为日本诗话之宗，大量唐人诗格文献赖以存世。同时带回的，一定有不少唐诗别集、总集。《日本国见在书目》

就著录了大量唐人诗集。一些唐诗文献，仅在日本存有孤本。日本诗歌是从效仿唐诗起步的，白居易诗集在中唐时就东传日本，日本朝士作诗，纷纷效仿白氏体。日本不仅盛行作中国五七言律绝式的汉诗，日本和歌、俳句的意境和神韵也深受唐诗的影响。如松尾芭蕉的“静寂的池塘，青蛙蓦然跳进去，水的声音”“海边暮色薄，野鸭声微白”，有王维诗的禅意，近似韦应物诗之淡泊而有味。

朝鲜半岛与大唐的诗歌往还也较为频繁，有一两百人来唐留学，其中最著名的要数晚唐时来大唐的崔致远。崔致远十二岁就乘船西渡入唐，不仅考上进士，还出任溧水县尉等官职，二十八岁回国，有《桂苑笔耕集》传世，收录了他宦游淮南幕府四年期间所撰写的公私文牍及诗文作品，是朝鲜半岛现存最古的文集。

唐诗选本重要者如杨士弘《唐音》、周弼《唐三体诗》、高棅《唐诗品汇》、李攀龙《唐诗选》(即《唐诗删》)、王士禛《唐贤三昧集》、沈德潜《唐诗别裁集》等都曾先后传入日本、朝鲜半岛，其中以李攀龙的《唐诗选》影响最为深远，在明末被传入日本，对江户诗坛风气影响甚巨，日人对它作校勘、注释，有《唐诗训解》《唐诗选国字解》等传世，对于日本汉诗宗唐之风的形成，具有决定性的影响。《唐诗三百首》传至东亚后，大有取代李攀龙《唐诗选》之势，韩国出现了柳种睦、林东锡等两种译本，日本产生了盐谷温、深泽一幸、田部井文雄等的注释本。东亚学者还在中国传去的唐诗选本的基础上编选了他们自己的唐诗选本，如日本石作贞编《李唐名家诗选》、朝鲜王朝许筠编《唐绝选删》等，不胜枚举。清代编纂的《全唐诗》还收录了日本、新罗等周边国家使臣的汉诗。唐代以后，周边国家的汉诗写作一直很盛行。唐诗的传播，极大地推动了东亚汉文化圈的形成，唐诗是维系和拓展汉文化圈的重要载体，彰显了中华文化和审美精神的无穷魅力。

2. 唐诗在欧美的翻译和传播

唐诗在欧美世界的系统性翻译和传播，法国是首站。法国汉学家德理文侯爵（Le Marquis d'Hervey de Saint Denys）1862年在巴黎出版了首部唐诗法译集《唐诗》，推动中国诗歌在法国的风行，流传甚远。法国女诗人朱迪特·戈蒂耶

（Judith Gautier）十七岁开始接受汉语和中国文化教育，并翻译和改写中国诗歌，于1867年出版了《玉书》，收入李白、杜甫等24位中国诗人的71首诗。戈蒂耶展开诗人的想象，以符合西方的审美方式和认知习惯进行了创造性翻译。此书后于1902年修改、增订，不断再版，并被翻译为德语、意大利语、葡萄牙语、英语、丹麦语，向西方世界展示了中国诗歌艺术的魅力。中国留法学者也曾将唐诗译为法语，如曾仲鸣获里昂大学文学博士学位，1927年出版了《冬夜之梦：唐绝句百首》；罗大冈1939年在巴黎大学获文学博士学位，1942年任中国驻瑞士使馆随员，翻译《唐人绝句百首》《先是人，然后是诗人》，分别于1942、1948年由瑞士La Baconniere出版。近几十年来唐诗的法文译本也层出不穷，其中程抱一《中国诗语言研究——附唐诗选》（1977）采用结构主义理论方法分析唐诗，影响尤巨。

德国人接触唐诗最先是依据法国人的译本，如1905年汉斯·海尔曼（Hans Heilmann）翻译的《中国抒情诗》就是根据德理文侯爵的法译本。德国学者也意识到中国诗的结构无法用欧洲语言再现出来，因此在20世纪初多采用改译的形式。他们格外喜爱李白、杜甫、白居易等人的诗歌，欣赏其中的浪漫主义气息、反对战争爱好和平的思想、悲怨的氛围，把中国诗歌融入德国的文化语境。阿尔贝特·埃伦施泰因（Albert Ehrenstein）这位曾翻译《水浒传》的德国学者，于1924年出版了《中国怨》，翻译了“三千年之中国的革命抒情诗”，包括杜甫、白居易等唐诗人诗作。他尤其称赞白居易“控诉、讽刺了官僚贵族的骄奢淫逸，发出了受苦受难群众的呐喊”。德国著名戏剧家布莱希特称杜甫和白居易是“被放逐的诗人”，改译并发表了白居易的《买花》等诗歌，从中国讽喻文学传统中汲取精神力量。德国汉学家埃尔文·冯·查赫（Erwin von Zach）一生致力于唐诗德译，翻译了杜甫、韩愈、白居易等人诗歌，他翻译的《杜诗全集》《韩愈全集》1952年由哈佛燕京学社出版。海德堡大学是德国汉学研究的重镇，该大学汉学系的德博（Gunther Debon）翻译出版过《李太白》（1953）和《唐代的中国诗人》（1957）。德国汉学家吕福克（Volker Klöpsch）翻译《唐诗三百首》，题为《丝线——唐朝诗歌》，于1991年出版。在此基础上，他推出《唐诗选》汉德对照本，作为“大中华文库”重点出版项目之一种于2016年出版。

俄国人因为地缘关系也很早就关注中国文学，通常认为第一部《中国文学史》是由俄国瓦西里·巴甫洛维奇·瓦西里耶夫（Василий Павлович Васильев）院士撰著的，出版于1880年，该书关注重点在小说、戏曲，对诗歌尚不太注意。1911年后，俄国汉学的奠基人阿列克谢耶夫（В. Алексеев）院士向俄国读者翻译和介绍李白诗歌。苏联外交官兼汉学家费德林（Н. Федоренко）翻译白居易诗集，1950年代中期编译了《中国古典诗歌集》，后又与郭沫若合作，由苏联国家文学出版社推出《中国诗歌集》。李白、杜甫、王维、白居易、孟浩然等唐诗人诗选陆续被译为俄文，在俄国产生较大的影响。

唐诗的英译，也是源头甚远。早期是作为中国文化的一个元素举例式地译为英文。至1898年，英国汉学家翟里斯（Herbert A. Giles）英译的《古今诗选》（*Chinese Poetry in English Verse*）在伦敦和上海同时出版，其中选译唐诗百余首，算是唐诗最早的一次大规模英译。——翟里斯还撰著了第一部英文版《中国文学史》。稍后，英国著名汉学家克莱默-宾（Cranmer-Byng，Launcelot）于1909年由纽约E. P. Dutton and Company出版《玉琵琶》（*A Lute of Jade: Being Selections from the Classical*

Poets of China)，译诗 66 首，其中唐诗 59 首。英国人弗莱彻（William Bainbridge Fletcher）清末在东南沿海城市的英领事馆任翻译，于 1918 年在商务印书馆出版了《中国诗歌瑰宝》(*Gems of Chinese Verse*)，1925 年又出版了续集（*More Gems of Chinese Poetry*）。英国汉学家亚瑟·韦勒（Arthur Waley）在中国文化英译方面做出过突出贡献，从《论语》到《西游记》《金瓶梅》都有其译本。他翻译的《中国诗歌 170 首》(*A Hundred and Seventy Chinese Poems*) 1918 年在伦敦 Constable and Company, Ltd. 出版，1919 年在纽约 Alfred A. Knopf 公司出版。后又出版续集（*More Translations from the Chinese*）。1934 年，英国骆任廷爵士将翟里斯和韦勒英译的中国诗歌汇辑起来，编为《英译中国歌诗选》，商务印书馆 1934 年出版。其中收翟里斯译唐诗 60 余首，韦勒译唐诗 10 余首，主要为白居易的诗。第一次世界大战后的欧洲人对中国文化表现出浓厚的兴趣，唐诗是他们窥探中国文化风景的窗口。

美国汉学家费诺罗萨曾翻译过唐诗，去世后译诗的遗稿为美国著名诗人庞德所珍视，并加以润色修改，题为《神州集》(*Cathay*)，1915 年在伦敦出版，曾被誉为“英语写成的最美的书”。庞德以自己的方式理解中国诗，特别是唐诗的意象特征，并受到启发，将之融入美国意象派的新诗运动中。他曾说，中国诗“是一个宝库，今后一个世纪将从中寻找推动力，正如文艺复兴从希腊人那里找推动力”（见赵毅衡著《诗神远游：中国如何改变了美国现代诗》，四川文艺出版社2013年，第17页）。当代美国汉学家宇文所安研究唐诗取得实绩，出版了《初唐诗》（*The Poetry of the Early T'ang*）、《盛唐诗》（*The Great Age of Chinese Poetry: the High T'ang*）、《晚唐：九世纪中叶的中国诗歌（827—860）》[*The Late Tang: Chinese Poetry of the Mid-Ninth Century (827-860)*]等研究专著，近年推出首部全译本《杜甫诗》（*The Poetry of Du Fu*），为唐代文学的世界性传播做出了突出的贡献。

《唐诗三百首》在英语世界也出现多种译本，最早是美国诗人威特·宾纳（Witter Bynner）与1920年代任教于美国加州大学伯克利分校的中国学者江亢虎合作翻译的《群玉山头：唐诗三百首》（*The Jade Mountain: A Chinese Anthology, Being Three Hundred Poems of the T'ang Dynasty, 618-906*），1929年由Knopf出版社出版。这是《唐诗三百首》的第一次英译，后被多次再版，影响深远。后来陆续出现了四五种国外英译本。中国学者也注意向海外推行《唐诗三百首》，出现过王玉书、唐一鹤等的英译。其中许渊冲的《唐诗三百首新译》自 1987 年推出后，成为《唐诗三百首》最为权威的英译本，在海内外多次发行。许渊冲先生既曾将莎士比亚戏剧、巴尔扎克小说译为中文，又系统地英译了从《诗经》《楚辞》到明清诗歌、戏曲等诸多文本，其中以英译唐诗为主。他翻译中国诗歌注重意美、音美和形美，将唐诗外译提升到一个新的境界，获得国际译联 2014 年“北极光”杰出文学翻译奖。

唐诗是中国人共同的精神家园，不仅对于培育中华民族的审美精神、滋养中华儿女的艺术心灵具有重要的意义，也是维系世界华文文学圈的精神纽带，同时，通过翻译和传播，她向世界展示了中华优秀文艺的美学景观，对世界文学产生了积极的影响。唐诗是中国的，也是世界的。《唐诗三百首》是中国作为诗歌国度的艺术精粹，也是中华诗歌文化对外交流开放的一张精美的名片。

后　记

小时候读书，父亲鼓励我熟读成诵，就常说“熟读《唐诗三百首》，不会吟诗也会吟”。但真正接触《唐诗三百首》，是上初中以后的事了。现在书架里还摆着几种版本，已不记得它们的来历了。闲暇时翻翻，就像是少年时的玩伴，还是那么亲切。这是一部伴我成长的书。

我现在的专业是中国文学批评史，侧重于诗学，不知道与《唐诗三百首》的发蒙是否有关系。平时也乱涂乱画，大多是随写随丢，没有保存下来，偶尔记在备忘录里。我把写诗当作日记，生活中有新奇，有惊异，心有所动，灵光一现，就不妨用文字记录下来。苏轼说：“作诗火急追亡逋，清景一失后难摹。”心头的感动往往一闪而过，最珍贵又最难得，如果能当场记下来，也许就有了诗的坯子，等空闲了再慢慢加工，便可成诗。当然也有人是伫兴而就的，“诗成十手不供写”，心思比笔头利落。那是需要天才的。我们普通人，就慢慢磨，用心学吧。现在翻看手机备忘录，拣几首平时涂鸦之作与大家分享，算是交作业吧。

2008年初，上海下了一场很大的雪，复旦光华楼前后茫茫一片。那天深夜，我顶着风雪从办公室回家，走到“驴背诗思”像前，兀立在风雪中的那瘦骨嶙峋的老者形象让我心头一紧。第二天雪过天晴，校园里有不少同学和游人在赏雪。我作一七律《题驴背诗思像》：

秀句推敲应未成，思神兀兀任驴鸣。
锦囊空负爪长鬼，蹇足却赢诗瘦名。
楼外客游忙扰扰，园中年少笑盈盈。
灞桥昨夜飘风雪，身在城中不得行。

前四句不过是用古人诗思在灞桥风雪中驴子背上和李贺诗囊的典故而已，颈联写时景，尾联就是我头天夜晚那一瞬间闪现的感受。

2016年春节，微信上掀起了续写韦应物“我有一壶酒，足以慰风尘”（韦应物原诗句为“我有一瓢酒，可以慰风尘”）诗句的热潮，激发全民诗情。我也未能免俗写了两首，其中一首五律是：

我有一壶酒，可聊慰风尘。黄沙遮远道，白草没车轮。
笳鼓寒将裂，稀星近若亲。雄才当得售，传语问酸辛！

内容和情感都是虚拟的，但也道出了一点儿人间实情，生活虽然酸辛，但“雄才当得售”，还是充满希望的。我当时教诗词品读课，请学生把张志和《渔歌子·西塞山前白鹭飞》改成七绝，并作诗敷演“陌上花开，可缓缓归矣”，不少同学写出很好的作品来。

孔子说：“诗可以群。”有的时候诗是情感交流的一种方式。有一年冬天，我的老师用二颗胡萝卜头、四粒红豆、三颗小石自作盆景，拍图示于微信，生意盎然。看到图片后，我心生喜悦，作诗相赠：

水清石白映云霞，绿干红根待着花。
多谢先生勤护守，春风催促盼新芽。

老师培育胡萝卜头发芽吐绿，就像精心教导、呵护我们学生一样，希望我们快点儿成长。

微信里曾流传一张照片，一个马戏团里的猴子，脖子套着项圈，拖着长链，坐在树根边休息，双目紧闭，像一位疲惫至极的老者。谁看到这张图片都是心里一震。人类之辛苦和孤独，不正像这只可怜的猴子吗？我由这可怜的猴子展开联想，想象人生之苦从何而来，写了四首小诗：

一朝误入世，永远别芳林。
锣鼓暂停处，紧箍定禅心。

听涛巫峡梦，授剑若溪空。
前世真君子，无心乜沙虫。

腾云驾雾赛天高，倒海翻江擒巨鳌。
一自贪嗔被金锁，至今淮水失波涛。

红桃绿柳听风吟，浅水高山携伴临。

自被尘心牵入世，花香野色梦中寻。

这四首诗与其说是同情那只套着铁圈的猴子，不如说是在思考人生的苦痛从何而来。

人往往喜欢叹老嗟卑。四十八岁那年，我作一绝句：

无痕岁月指间滑，三十年前吾十八。
故纸堆中觅蠹鱼，正书人字今从捺。

第三句写自己一辈子在故纸堆里讨生活，像一只书虫。第四句说一生要把“人”字写端正了，上半生写一撇，下半生写一捺，有走下坡路的意思，不免显得颓唐。

不久，我调入北京大学中文系，开启了新的人生旅程。五十岁时，同龄友用周作人《五十自寿》诗原韵作自寿诗，命我和作，于是有了下面一首：

人生南北皆为家，得着安心胜袈裟。
海上坐看移日月，京华幽处乐龙蛇。

有书可读真吾幸，无事挂怀任脚麻。
天命管他知与否，且邀朋友吃清茶。

其实没有什么深刻的意思，大体是说，过着安心读书的生活，还是很惬意的。书斋生活很清苦，如果能够安心，倒也自得其乐。

我在北大李兆基楼有一间办公室，每天待到很晚才离开。2022年的夏天，有一只壁虎，每到天黑就不知从什么地方冒出来，爬上我的纱窗。它是在吃蚊虫，但在我看来，它是来陪我夜读的。有时从书本里抬起头来看看这只小生灵，真有惺惺相惜之情。它守在纱窗上找食吃，跟我为了营生大夜晚埋头书本也是差不多的。到了9月22日夜晚，气温骤降，狂风大作，我等待一个晚上，也没见到这只壁虎来，有点儿担心：无数个夜晚伴我读书的壁虎今儿哪里去了？这寒冷的夜晚它怎么挨过呢？即将来临的冬天它又怎么平安度过呢？心里不安起来。这种不安就化为一首五绝：

明月人初静，守宫如约来。
风窗今夜冷，怜尔久徘徊。

上网搜索得知，原来壁虎也会冬眠的，心里安定了许多。可喜的是，今年初春，有几天温度飙升，阳光明媚，壁虎又如约而至，似故人一般。

这个春天，我迁入海淀百望山边的新居，有了栖身之所，不能无诗。下面这首诗算是乔迁志喜吧：

五十新居百望边，安心有处任华颠。
晨熹光转迎佳气，布谷声催耕墨田。

只要能安心读书，五十不算老，鬓有二毛不算衰。农人耕种才有收成，读书人也有半亩方塘须要劳作。趁着美好的时光，努力耕种自己的墨田吧。

这本《〈唐诗三百首〉通识》，是我近年耕作的一个小收获。2020 年应陈引驰教授之命，接受这项任务；承中华书局上海聚珍“中华经典通识”策划人贾雪飞女士赐正，数易文稿；又得吴艳红女史精心编校并配图，终于能与读者见面。希望能对大家了解《唐诗三百首》、赏读唐诗有所帮助。本人才学疏浅，一定有不少讹误，恳请读者朋友不吝赐教。